BÁRBARA MONTES
JUAN GÓMEZ-JURADO

AMANDA BLACK

EL BASTÓN DEL CUERVO

Ilustraciones de **David G. Forés**

B DE BLOK

Papel certificado por el Forest Stewardship Council®

MIXTO
Papel procedente de fuentes responsables
FSC® C117695
www.fsc.org

Penguin Random House Grupo Editorial

Primera edición: marzo de 2023

Diseño de cubierta: Penguin Random House Grupo Editorial / Paola Timonet

Printed in Spain – Impreso en España

ISBN: 978-84-19048-67-7
Depósito legal: B-734-2023

Compuesto en Compaginem Llibres, S. L.
Impreso en Gómez Aparicio, S. A.
Casarrubuelos (Madrid)

BL 4 8 6 7 7

Bárbara y Juan quieren dedicar este libro
a Marco, Javi y Elalejandrillo

Personajes

Amanda Black: vive con su tía Paula desde que sus padres desaparecieron al poco tiempo de nacer ella. Ahora, con trece años, ha descubierto la verdad sobre sus orígenes: es la heredera de un antiguo culto dedicado a la diosa egipcia Maat, cuya misión es encontrar y robar objetos mágicos (y no tan mágicos) que, en malas manos, podrían ser peligrosos para la supervivencia de la humanidad. Además, tiene que lidiar con los típicos problemas de una adolescente, que no son pocos, y entrenar a diario para que los poderes que empezaron a manifestarse el día que cumplió trece años puedan desarrollarse hasta su máximo potencial.

Tía Paula: es la tía abuela de Amanda, además de su tutora y exigente entrenadora. Nadie sabe la edad que tiene, ya que aparenta entre treinta y cinco y cincuenta y cinco años. Afirma que ya no está en forma; sin embargo, Amanda cree que eso no es del todo cierto: ha visto a su tía hacer auténticas proezas durante los entrenamientos a los que la somete a diario.

Paula haría cualquier cosa por Amanda, y lo que más le preocupa es mantener a la joven a salvo de todos los peligros que suponen la herencia que ha recibido al cumplir trece años.

Eric: es el mejor amigo de Amanda. No sólo van juntos al mismo instituto, además, Eric la acompaña allá donde la lleven sus misiones. Es un auténtico genio de los ordenadores y puede piratear cualquier red. Antes de conocer a

Amanda era un chico solitario con el que todos se metían, ahora ha ganado confianza y nada se interpone en su camino... Algo normal cuando te enfrentas continuamente a peligros que podrían costarte la vida. Sus tres personas favoritas del mundo son su madre, Amanda y Esme, de quien, además, está superenamorado.

Benson: es el misterioso mayordomo de la familia Black. Parece adivinar los deseos y necesidades de Amanda antes de que ésta abra la boca. Aparece y desaparece sin que se den cuenta y parece llevar en la Mansión Black más tiempo del que sería natural: Amanda descubrió una fotografía muy antigua en la que aparecía Benson y... ¡estaba igual que ahora!

Se encarga de todo el equipo necesario para las misiones de Amanda y Eric y es el inventor de los artilugios más sofisticados. También sabe pilotar los automóviles, aviones y helicópteros que se guardan en el taller de la Mansión Black y está enseñando a Amanda y a Eric a manejarlos. Para Amanda y la tía Paula, Benson es un miembro más de la familia, y así se lo han hecho saber en numerosas ocasiones.

Esme: va al instituto con Amanda y Eric, y, de hecho, los tres son inseparables. Conoce la herencia de Amanda y siempre está dispuesta a echarle una mano cuando su amiga lo necesita. Le encantaría acompañarla en sus misiones y cuenta con que algún día se lo pida, pero mientras tanto, se alegra de tenerla como amiga y estar siempre al tanto de sus últimas aventuras. Hace poco comenzó a salir con Eric y ambos están muy enamorados. A los dos les encanta pasar tiempo con Amanda, pero ella siempre está buscando la manera de conseguir que Esme y Eric pasen tiempo a solas.

Lord Thomas Thomsing: lord inglés perteneciente a una familia que, en la Antigüedad, fue una poderosa aliada de los Black. Tras la utilización por parte de uno de sus antepasados de un amuleto mágico (con consecuencias desastrosas), la familia del lord fue expulsada del culto a la diosa Maat. Ahora, tras demostrar lord Thomas su fidelidad y su valor, los Thomsing han recuperado su lugar junto a la familia de Amanda, de lo cual, la tía Paula se alegra mucho (muchísimo).

Lugares

Mansión Black: el hogar de los Black desde hace cientos de años. Amanda recibió la mansión y todo su contenido como herencia al cumplir trece años. Si bien su exterior está bien conservado, el interior es otra cosa. Han podido habilitar algunas de las habitaciones para su uso diario, pero la gran mayoría todavía está en un estado cochambroso y casi ruinoso. Poco a poco, la tía Paula, Benson y Amanda van trabajando para devolverle todo su esplendor.

Lo malo es que, a pesar de tener la fortuna que heredó la joven, no pueden usarla para hacer obras porque temen que alguien pueda descubrir los secretos que se guardan en su interior. La Mansión Black tiene pasadizos ocultos, habitaciones que aparecen y desaparecen y muchas cosas que Amanda todavía no ha descubierto.

El taller: así es como llaman al sótano de la Mansión Black y es donde se preparan todas las misiones de Amanda y de Eric. Dentro del taller se esconde la Galería de los Secretos, en la que se conservan los objetos robados en cada misión (de la cual mientras sigan siendo peligrosos no volverán a salir). Además, cuenta con los ordenadores más potentes; un hangar, en el que se guardan las aeronaves (algunas supersónicas) que necesitan para desplazarse por todo el mundo en tiempo récord; un enorme vestidor con todos los trajes necesarios, desde ropa de escalada a vestidos de fiesta; una biblioteca; una zona de estudio, y parte del circuito de entrenamiento que Amanda tiene que hacer a diario (la otra parte está en los jardines de la Mansión Black, si bien, en la actualidad, es bastante generoso llamarlos «jardines»).

EL DÍA QUE CUMPLÍ TRECE AÑOS RECIBÍ UNA CARTA MISTERIOSA.
ASÍ SUPE QUE SOY LA HEREDERA DE UN CULTO DEDICADO A LA DIOSA MAAT QUE SE REMONTA AL ANTIGUO EGIPTO.
¿QUÉ SIGNIFICA ESTO? QUE DEBO SACAR DE LA CIRCULACIÓN OBJETOS QUE SEAN PELIGROSOS PARA LA HUMANIDAD.
Y POR «SACAR DE LA CIRCULACIÓN» ME REFIERO A **ROBAR**.
MI HERENCIA CONLLEVA ALGUNOS DONES, COMO UNA FUERZA Y UNA VELOCIDAD EXTRAORDINARIAS (SIN SER YO UNA *SUPERHEROÍNA* NI NADA DE ESO).

POR CIERTO, MIS PADRES DESAPARECIERON POCO DESPUÉS DE QUE NACIERA Y ME HE CRIADO CON MI TÍA ABUELA PAULA.
LA TÍA PAULA ME ENTRENA PARA DESARROLLAR AL MÁXIMO MIS HABILIDADES Y PODER LLEVAR A CABO TODAS LAS MISIONES CON ÉXITO.
TAMBIÉN CUENTO CON LA AYUDA DE BENSON, NUESTRO PECULIAR MAYORDOMO, Y LA DE ERIC, MI MEJOR AMIGO, UN GENIO DE LOS ORDENADORES Y DE LA TECNOLOGÍA EN GENERAL.
ME LLAMO
AMANDA BLACK
Y ÉSTA ES MI HISTORIA.

Prólogo

ERIC

A ver, esto os lo tendría que estar contando Amanda, pero bueno, las cosas son como son... Os lo cuento yo, Eric, porque ella ya no está aquí.

Y no va a estar nunca más.

Es muy fuerte porque, si no nos hubiésemos enfadado, no estaríamos ahora en esta situación... Y pensar que si hubiéramos hablado como lo que se supone que somos, amigos, nada de esto habría ocurrido. Podría haberla convencido para que no aceptase esa misión, podría haber estado con ella y ayudarla, podría haberla salvado... O no, no lo sé, hay muchos condicionales, pero no puedo evitar pensar que yo podría haber evitado lo que finalmente ha sucedido. Si yo hubiese estado allí, con ella, nos habríamos ahorrado un montón de problemas y, sobre todo, yo no tendría que averiguar qué es lo que realmente le ha pasado a mi amiga... Cómo perdió la vida. Qué es lo que tengo que hacer.

Es lo que quiero hacer.

Yo.

Eric.

Imitando a Amanda Black.

Lo nunca visto.

Nunca hasta ahora, claro.

¿Que por qué nos enfadamos?

Ahora parece todo muy estúpido... De hecho, es muy estúpido... Me da un poco de vergüenza reconocerlo, pero es posible que Esme y yo la presionásemos demasiado para que saliera con nosotros más a menudo de lo que a Amanda le apetecía. Puede que fuésemos un poco insensibles, que no nos diésemos cuenta de lo que para ella significaba salir con una pareja. Intentó explicárnoslo, pero tampoco quisimos escuchar sus motivos. No nos parecían acertados, nos pareció que exageraba, al fin y al cabo, tanto Esme como yo estamos entre los más listos de la clase. ¿Cómo no íbamos a tener razón?

Y resultó que, efectivamente, no la teníamos.

Y ahora Amanda ya no está con nosotros.

Dicen que ha muerto, que el avión en el que viajaba de regreso de una misión explotó en el aire y no ha quedado nada de ella que rescatar.

Pero yo no lo creo.

No quiero creerlo.

1

AMANDA

Era sábado por la mañana y la tía Paula y yo entrenábamos en los terrenos de la Mansión Black... Bueno, mejor dicho, YO entrenaba mientras mi tía guiaba el entrenamiento.

Mientras saltaba los obstáculos que mi tía había colocado de manera estratégica por el recorrido —nunca era dos veces el mismo circuito, no fuese que me resultase sencillo completarlo—, vi que Benson salía por la cristalera que daba a los jardines, si bien, llamarlos «jardines» era algo ambicioso. Cierto era que tanto mi tía como el mayordomo se habían esforzado en plantar arbustos, parterres repletos de semillas cuyas etiquetas prometían coloridas flores —todavía sin florecer— y arbolitos —aún raquíticos, meros esqueletos de árbol— que, a pesar de embellecer de manera sutil el entorno de la casa, estaban muy lejos de resultar hermosos de verdad. Tanto las flores como los árboles tarda-

rían un tiempo en alcanzar su máximo esplendor; no obstante, yo agradecía todo el trabajo que realizaban a diario en un intento por hacer de nuestro hogar un lugar más acogedor... Que no es que no me pareciese acogedor, sobre todo si tenía en cuenta que la tía Paula y yo habíamos vivido durante muchos años en un apartamento en el que apenas cabíamos las dos. La Mansión Black podía tener sus desconchones en la pintura, sus tablones viejos y sus cosas de casa antigua, pero era un hogar. Era mi hogar.

La parte del jardín que se encontraba más lejos de la casa sí que tenía encanto, uno desordenado y salvaje, pero encanto. Antiguos robles y arces se habían aposentado desde hacía siglos en los alrededores del muro que separaban los terrenos de la mansión de los del bosque, acogiendo en el interior de sus troncos nudosos ardillas, aves y otros animalitos a los que, con suerte, era posible ver correteando por la zona.

Podríamos haber encargado todos los trabajos de mejora a un jardinero —o a varios—, del mismo modo que podríamos haber contratado a un equipo de profesionales que hiciesen las obras y mejoras que, poco a poco, íbamos realizando en el interior de la casa, pero había un problema. Para ser exactos, un problema bastante grande: el taller.

El taller, situado en el sótano, era donde guardábamos todos los equipos, ordenadores y medios de transporte que necesitábamos y utilizábamos en nuestras misiones; además, también acogía en su interior la Galería de los Secretos, que era el lugar en el que conservábamos los objetos, peligrosos para la humanidad, que habíamos sacado de la circulación.

Y, claro, no podíamos arriesgarnos a que nadie descubriese todo aquello.

Como iba diciendo, vi a Benson acercarse a donde se encontraba mi tía observando mi entrenamiento, le susurró unas palabras en el oído y se quedó junto a ella mirando mis avances por el campo de obstáculos.

Cuando acabé, pocos minutos después, me acerqué a ellos limpiándome el sudor con la camiseta.

—Muy bien, Amanda, has rebajado tu tiempo en dos segundos —exclamó mi tía, aplaudiéndome con gesto orgulloso—. Ya eres mejor que yo a tu edad...

—Puede ganar más tiempo si en lugar de saltar aquel obstáculo lo supera por debajo —sugirió el mayordomo señalando unas raíces gruesas y retorcidas que se elevaban hacia las ramas de un antiguo roble, uno de los más alejados de la mansión.

Miré en la dirección en la que apuntaba su dedo. Tras meditarlo unos instantes, decidí que tenía razón. Estaban muy altas para saltarlas, mientras que, con agachar la cabeza, habría podido pasar bajo ellas sin mucha complicación. Ahora tendría que esperar hasta que mi tía volviese a incluirlas en el recorrido… Lo que, conociéndola, iba a tardar en suceder.

—Tenemos visita —comentó mi tía—. Ve a asearte y nos vemos ahora en la salita de té.

—¿Quién es? —pregunté.

—No tengo ni idea, cariño —replicó ella echando a andar hacia la puerta acristalada—. Ahora lo descubriremos. ¡Date prisa!

Miré mi reloj para comprobar la hora y poner en marcha el cronómetro. Corrí hasta la casa, enfilé hacia las escaleras y subí a tal velocidad que apenas rozaba los peldaños. Poco después me encontraba en mi habitación. Me di una ducha rápida y me puse unos vaqueros, una camiseta y mis viejas zapatillas negras.

En total había tardado siete minutos.

Otro récord.

No pude evitar pensar con cierta tristeza en Eric y Esme mientras descendía las escaleras de camino a la salita de té, donde con total seguridad iba a pasar no sólo el tiempo que durase la reunión con aquel desconocido visitante, sino muy posiblemente también la tarde del sábado y todo el domingo, pues no tenía ningún otro plan.

Había discutido con ellos hacía un par de días. No entendían que para mí era muy difícil salir tanto con ellos. A pesar de que cuando estaban conmigo intentaban comportarse sólo como amigos, yo no dejaba de verme como una tercera rueda, la que desequilibra la bicicleta. Verlos juntos era un recordatorio continuo de todo a lo que yo había renunciado para cumplir con mi herencia como Black.

A veces dolía. Aunque lo hubiese elegido yo.

A veces, verlos juntos me ponía triste.

La tía Paula casi me había rogado que intentase llevar una vida normal, que renunciase a mi herencia; no obstante, yo misma había elegido ser y hacer lo que se suponía que tenía que ser y hacer, esto es, una ladrona que se dedica a sacar de la circulación objetos peligrosos para la humanidad. Sabía a lo que estaba renunciando cuando elegí, pero seguía siendo difícil. Es como prometer a alguien que no volverás a comerte un helado y vivir rodeada de helados... No sé si me explico.

Yo no podía llevar una vida normal, no podía enamorarme... Bueno, sí podía, lo que no podía era abandonar una misión porque hubiese quedado con alguien. Mi trabajo era tan arriesgado que podría morir en cualquier momento y prefería no cargar a nadie con algo así... Además, no podía contarle nada a nadie sobre mis misiones, lo que suponía que, si salía con alguien, tendría que mentir sobre mi vida... Y eso no me gustaba en absoluto.

Por otra parte, estaban los estudios y los entrenamientos... Todo aquello no me dejaba mucho tiempo para mantener una vida social muy activa. Me conformaba con salir con Esme y Eric de vez en cuando, ya fuese juntos o por separado, pero ellos insistían e insistían en que los acompañase cada vez que quedaban y..., bueno, el otro día..., estallé.

Me sentí muy presionada, no escuchaban lo que les quería decir... No entendían cómo me sentía cuando estaba con ellos... o yo no supe explicarme... Y, bueno, al final exploté.

Les grité que no quería salir nunca más con ellos..., entre otras cosas que me da mucha vergüenza volver a decir, y me marché sin mirar atrás.

Por supuesto, me arrepentí diez minutos después, incluso puede que fuesen cinco, pero me dio miedo regresar.

Y llevábamos desde entonces sin hablarnos.

En el instituto, las cosas estaban bastante tensas. Si nos cruzábamos por los pasillos, mirábamos al suelo para no tener que saludarnos. Los siguientes dos días tras la pelea, tuve que comer sola viendo como ellos me miraban desde la otra punta del comedor, sin atreverme a acercarme y pedirles perdón por lo que dije... Porque, por supuesto, era mentira, claro que quería seguir saliendo con ellos, puede que no tanto, pero quería seguir viéndolos y compartiendo con ellos todo lo que me sucediese, lo bueno y lo malo, quería que me apoyasen y me ayudasen cuando lo pasase mal y apoyarlos y ayudarlos cuando ellos lo pasasen mal. Son los únicos amigos que tengo.

Los únicos que quiero tener, porque son los mejores.

Me había equivocado y no sabía cómo arreglarlo.

En fin, habría dado lo que fuese por borrar ese momento en el que me cegó la frustración y terminé gritándoles y diciéndoles todas esas cosas horribles.

Resoplé frente a la puerta de la salita de té en un intento de sacarme todos esos pensamientos de la cabeza. No era el momento de analizar mi enfado con Eric y Esme, era el momento de centrarme en esa misteriosa visita y ver qué necesitaba de nosotras, porque tenía claro que, cuando alguien se presentaba sin avisar en mi casa, es que algo necesitaba.

2

AMANDA

Abrí la puerta y reconocí la salita donde solemos pasar el tiempo libre la tía Paula, Benson y yo. Era de las pocas estancias de la mansión que ya había sido completamente restaurada y lucía como lo había hecho tantos años antes.

La chimenea presidía el centro de la pared que se encontraba frente a la puerta, apagada, esperando con paciencia a que el frío cubriese la ciudad para volver a sentir el fuego chisporroteando en su interior.

Frente a la chimenea, había dos sofás antiguos tapizados hacía no mucho por Benson, para lo que había utilizado una suave piel marrón oscuro, casi del mismo tono que la mesita, cuadrada y baja, que se encontraba entre ambos sofás y sobre la cual, en ese momento, reposaban un plato de pastas, una bandeja con tazas y una cafetera de la que emanaba el aroma del café recién hecho.

Bajo la mesa baja y los sofás había una alfombra persa —esto lo sé porque me lo dijo la tía Paula, claro, porque yo no entiendo nada de alfombras— en la que predominaban los tonos blancos y azulados, y en su centro destacaba un enorme medallón que iba desgajándose hacia los extremos en delicadas formas curvas creando un enramado de flores y tallos.

Los muros de la habitación, recién empapelados por Benson —con mi ayuda—, tenían pequeñas flores también azules y estaban decorados con cuatro grandes cuadros. En uno de ellos, a pinceladas gruesas, se observaba un árbol de hojas anaranjadas; en otros dos, el mismo árbol aparecía con las hojas verdes y brillantes, si bien, en uno de ellos la luz que se escurría entre el verdor era amarillenta, en la otra era más fresca y blanquecina. En la última de las pinturas, el mismo árbol carecía de hojas y, a través de sus ramas desnudas, se veía un paisaje nevado.

Las cuatro estaciones vistas a través del mismo roble. Cuatro cuadros pintados por la mano de uno de mis antepasados. Junto a uno de ellos, dos estanterías de madera enseñaban los lomos de los libros que en ellas se guardaban... Y que yo no había leído, ni pensaba hacerlo, porque tenían pinta de ser muy aburridos.

La tía Paula se levantó de su asiento en uno de los sofás y me miró. A continuación, un hombre alto y delgado, al que yo no había visto aún, se alzó quedando junto a ella, sus ojos también fijos en mí. Junto a la chimenea se encontraba Benson, que aprovechó que los otros dos no lo veían, ya que le daban la espalda en ese momento, para hacerme un gesto con la mano, como pidiéndome calma. No llegué a entenderlo muy bien y no tenía tiempo de meditar sobre ello, ya que mi tía dio un par de pasos hacia mí.

—Amanda, cariño, te presento al director Lennon.

En cuatro zancadas, me acerqué a ellos y estreché la mano que el hombre me tendía.

Era un tipo alto y espigado, le calculé entre treinta y cinco y cuarenta años. Su piel de color tostado y sus rasgos fuertes pero hermosos me hicieron pensar que procedía de algún país situado en el sur de Asia. Una cicatriz cruzaba su rostro desde el centro de la frente hasta la mandíbula, angulosa y prominente, atravesando en su recorrido el ojo derecho que, sin embargo, se cla-

vaba en mí con inteligencia. Fuese lo que fuese lo que le había causado aquella herida no le había afectado a la visión. Vestía una chaqueta de estilo militar, oscura, entre verde y grisácea, que no conseguía disimular su musculatura. Aquel tipo estaba en forma, su atuendo se completaba con un sencillo jersey negro, unos vaqueros del mismo color y unas botas de cordones de aspecto militar.

—Encantada —dije con un tono algo más seco de lo que me hubiese gustado. Todavía pensaba en mis amigos.

—Lo mismo digo, señorita Black —dijo con amabilidad. Su voz era ronca y profunda, si bien su tono era suave y educado.

Su acento, igual que el mío, me contó que, si bien sus orígenes podrían ser asiáticos, estaba claro que él era de la misma ciudad que yo. No le corregí el tratamiento de «señorita», al fin y al cabo seguía convencida de que aquel hombre iba a pedirme algo.

—¿Director es su nombre? —pregunté con un asomo de ironía.

—Digamos que sí —replicó él ignorando por completo mi tono.

—Por favor, siéntese —le dijo mi tía al hombre señalando el lugar que había ocupado él cuando yo había entrado en la habitación—. Amanda, siéntate en el sofá, frente a nosotros, cielo.

Obedecí y, nada más acomodarme, Benson apareció a mi lado llevando un vaso lleno de limonada con hielo. Lo miré sorprendida, no tenía ni idea de dónde lo había sacado. Un minuto antes había estado junto a la chimenea y no tenía nada en las manos.

Con una sonrisa y un asentimiento de agradecimiento hacia el mayordomo, tomé el vaso entre mis manos y di un largo trago de él.

La limonada estaba buenísima, dulce con un toque ácido que acariciaba el fondo de mi paladar.

—Por favor, cuéntele a mi sobrina lo que me acaba de contar a mí —pidió con una sonrisa la tía Paula.

—Dirijo una organización secreta, aquí en la ciudad —comenzó el director Lennon—. Estamos formando un equipo propio para proteger el mundo contra amenazas sobrenaturales... —Hizo una pausa buscando las palabras con las que continuar—. Y necesitamos su ayuda, señorita Black.

No es que hubiese buscado muchas palabras para continuar después de esa breve pausa, la verdad. Había ido al grano, directo, sin perder ni un segundo. Eso me gustó.

—¿Una organización secreta? —pregunté—. ¿Y cómo es que no he oído hablar de ella?

Mi tía emitió una tosecilla y me miró con una ceja levantada.

—Ya, entiendo —continué con un suspiro—. ¿Y es tan secreta que no tiene ni nombre?

—Sí lo tenemos, sólo que nunca lo decimos —replicó el hombre.

—Ajá. —No se me ocurría qué más decir—. De acuerdo... ¿Y qué necesitan de mí? ¿Qué pinto yo en todo esto?

—Tiene que entender —explicó la tía Paula— que los Black no trabajamos para nadie... Ni con nadie, me gustaría aclarar también.

—Necesitamos ayuda para robar un objeto muy peligroso —soltó el hombre clavando sus ojos en los míos e ignorando el comentario de mi tía.

—Ya ha oído a mi tía, los Black trabajamos solos... Además, ¿cómo nos ha conocido?

—En la Organización sabemos muchas cosas —dijo de manera enigmática el desconocido—. Algunas que ni siquiera alguien tan acostumbrado a... «objetos extraños» —remarcó mucho esas dos palabras, casi pude escuchar las comillas en su voz— creería.

Esta vez fue mi turno de ignorar sus palabras.

—Y ¿qué se supone que tendría que robar, exactamente?

—No puedo decírselo hasta que no sepa que acepta la misión, señorita Black.

—Y yo no puedo aceptarla sin saber qué es lo que me está pidiendo, señor Lennon —repliqué imitando su tono y comenzando a levantarme para dar la reunión por terminada.

—¡No! ¡Espere! —pidió alzando una mano para detener mi movimiento—. Está bien, pero sepa que ésta no es la manera habitual de trabajar en mi organización... Esto que le voy a contar no puede salir de aquí. —Lennon miró a Benson e hizo un gesto con la mano para despedirlo.

—Él se queda —afirmé con seguridad—. Cualquier cosa que nos diga a nosotras se la puede decir a él.

Lennon resopló. Si aquello hubiese sido un concurso, habría ido ganando yo, al menos, de momento.

Ahora miro hacia atrás y pienso que ojalá todo hubiese sucedido de otra manera.

No sé si me venció el orgullo o el mal humor que arrastraba desde la discusión con mis amigos, lo que sí sé es que la cagué del todo.

3

AMANDA

—Se trata de una vara vikinga... Un cayado, bastón, como lo quieran llamar... Mejor dicho, creemos que es vikinga, del siglo IX —explicó el director Lennon dejando una fotografía frente a mí.

La cogí y la examiné durante unos instantes.

Me pareció exactamente lo que decía el hombre que era: una vara ancha, larga y gruesa, fabricada en algún tipo de metal de aspecto rugoso y basto que acababa en un cabezal con forma de cabeza de cuervo.

—Ya y ¿qué se supone qué hace? ¿Por qué es tan peligrosa? —pregunté todavía con los ojos fijos en la fotografía.

La tía Paula y Benson guardaban silencio. Eso significaba que, hasta entonces, había llevado la reunión como ellos querían que la llevase. Sin comprometerme a nada e intentando sacarle a aquel tipo toda la información posible antes de hacer lo que me pedía... Si llegaba a hacerlo, claro.

—Quienquiera que la posea puede leer el futuro.

Eso consiguió que separase los ojos de la fotografía para clavarlos en él.

—No puede ser —repliqué cortante—. No hay nada que pueda leer el futuro, eso supondría que el futuro está escrito y eso n...

—No sabemos cómo funciona con exactitud —me interrumpió el hombre—. Tal vez no lea el futuro, tal vez lo escriba a su manera... Hasta que no esté en nuestro poder y la estudiemos, no podremos saberlo.

—¿Y qué me asegura que ustedes no la utilizarán mal?

—Que sabría donde se encuentra y podría robárnosla en cualquier momento.

—Visto así... —murmuré volviendo a coger la imagen—. Pero aun con eso, podrían cambiarla de sitio y yo le perdería la pista.

—Es un riesgo que tendrá que correr, señorita Black.

—O bien podría robarla yo sacando a su organización de la ecuación...

—Entonces le deseo suerte intentando averiguar dónde se encuentra la vara —comentó Lennon con rapidez dejando escapar una sonrisa ladeada—. A nosotros nos ha llevado años descubrirlo.

Suspiré.

Sabía que aquel hombre tenía razón.

Si ese objeto hacía lo que ese tipo decía que hacía, había que sacarlo de la circulación y daba igual quién lo hiciese. Aun así, necesitaba hacer ciertas averiguaciones antes de acceder a trabajar para él. No me gustaba nada aquella misión.

El hecho de que no fuésemos a ser los Black los que conservásemos aquel objeto, no me gustaba.

El hecho de que tuviese que hacerlo sin ayuda de Eric, no me gustaba.

El hecho de tener que trabajar, por primera vez, a las órdenes de un desconocido, no me gustaba.

—Necesito pensarlo —dije por fin alejando la fotografía de la vara en dirección a su dueño.

—No tenemos mucho tiempo... Los... propietarios... han comenzado a hacer uso de ella. Es cuestión de días que las cosas comiencen a desestabilizarse... En todo el mundo.

—No me llevará mucho tiempo, pero necesito pensarlo —zanjé.

El director Lennon se levantó y yo lo imité. Sacó una tarjeta de un bolsillo interior de su chaqueta y me la tendió. La cogí sin ni siquiera mirarla.

—Llámeme cuando se haya decidido, señorita Black —pidió.

A continuación, hizo una inclinación de cabeza en dirección a la tía Paula y Benson lo acompañó en dirección a la salida de la salita de té.

Escuchamos los pasos de los dos hombres alejándose por el pasillo hasta el recibidor y después los crujidos y chirridos de la puerta principal de la mansión al abrirse y cerrarse.

Poco después, Benson regresó a la estancia donde mi tía y yo lo esperábamos.

—Muy bien, Amanda, qué opinas de esto —preguntó mi tía.

—No lo sé... ¿Tú habías escuchado hablar de esa organización? —Sin darle tiempo a responder, continué disparando preguntas—. ¿A ti qué te parece? ¿Debemos hacerlo?

Mi tía rio y me pidió calma con un gesto de las manos.

—Vamos por partes, cariño... No, nunca había oído hablar de ellos... Ni del director Lennon —dijo la tía Paula—. Y no, no creo que los Black debamos ponernos al servicio de nadie —añadió tras una breve pausa—. Nunca lo hemos hecho. No veo por qué tendríamos que hacerlo ahora.

—Pero si ese objeto es capaz de hacer lo que ese hombre dice que puede hacer, tendríamos que encontrarlo de todas formas.

—Entonces, mi querida niña, tal vez debamos buscar en los archivos si tenemos algo sobre la vara —comentó Benson levantándose y dirigiéndose a la puerta—. Si me disculpan.

Salió de la habitación dejándonos de nuevo a solas.

—Tía, tengo que decirte algo... —comencé, pero el resto de las palabras no quisieron salir.

Algo en mi tono tuvo que preocupar a la tía Paula, porque se levantó y se sentó junto a mí.

—Dime, cariño, ¿pasa algo?

—He discutido con Eric y Esme... Y no nos hablamos. Si aceptamos esta misión, tendremos que llevarla a cabo Benson, tú y yo...

—Ya sabía yo que te pasaba algo —replicó mi tía con un resoplido—, llevas un par de días muy rara... Y, además, hace exactamente dos días que Eric no viene por aquí... —suspiró—. No sé qué decirte, cielo, creo que todo se arreglará. Sois los mejores amigos.

—No lo sé, tía. Pero ahora mismo no quiero llamarlo para esto...

—Otro motivo para no aceptar esta misión, Amanda —insistió mi tía.

—Hagamos un trato —sugerí—. Si Benson no encuentra nada sobre la vara, rechazamos la misión; si lo encuentra... Creo que deberíamos aceptarla... De hecho, creo que deberíamos robársela a la organización secreta esta.

La tía Paula meditó unos instantes mis palabras para finalizar negando con la cabeza.

—No, Amanda, saben demasiado sobre nosotras, ya lo has visto —explicó—. El director Lennon tenía muy claro con quién estaba hablando, a qué nos dedicamos los Black... Si aceptas la misión, la cumplirás para ellos. Sólo en caso de que utilicen la vara, la robaremos para conservarla en la Galería de los Secretos, no antes.

Por supuesto, la tía Paula tenía razón. Si intentaba jugársela a esa gente, sabían dónde buscarnos. Era arriesgado. Otra cosa sería que intentasen utilizar el artefacto, entonces no me quedaría más remedio que asumir esos riesgos y actuar.

—Está bien —acepté, por fin.

Mi tía asintió y sonrió. Algo que no supe identificar cruzó por su rostro antes de que volviera a hablar.

—¿Puedo preguntarte qué ha sucedido con Eric y Esme?

—Me enfadé y les grité y ahora no sé cómo pedirles perdón —lo dije todo de un tirón, me daba demasiada vergüenza lo sucedido como para entretenerme en los detalles.

—¿Por qué te enfadaste?

—Eso no es importante, lo importante es... Es que la cagué... Y ahora me da miedo que, a pesar de pedirles perdón, ya no quieran ser mis amigos... Por eso me está costando tanto hacerlo.

—Me extrañaría mucho que eso llegase a suceder. Estoy segura de que ellos están deseando arreglar lo que sea que haya pasado... Tal vez deberías llamar a Eric.

—No, de ningún modo. No quiero hacerlo ahora porque entonces pensará que sólo lo hago por la misión —mi tono comenzó a elevarse—. No quiero que piense que sólo lo quiero a mi lado por eso... Lo quiero a mi lado porque es mi amigo. ¡Son mis amigos!

—Lo entiendo —la tía Paula suspiró—. Todos los Black hemos pasado por esto, no solemos tener muchos amigos y, tarde o temprano, surge alguna discusión con los que tenemos... Es normal. Pero tienes que arreglarlo, aunque no te obligaré a hablar con él. De momento.

—¿De momento?

—Si aceptas la misión, hablarás con ellos después de cumplirla. Si no la aceptas, los llamarás mañana por la mañana. Si lo necesitas, yo estaré a tu lado... De todas maneras, creo que no deberías aceptarla, se sale mucho de lo que solemos hacer... No sé, cariño, hay algo en todo esto que no me gusta... Aun así, creo que tienes que empezar a elegir por ti misma y aceptaré lo que decidas.

—Ya...

En ese instante, Benson regresó a la salita llevando entre las manos unos dosieres. Nos tendió uno a cada una y, abriendo un tercero que había conservado él, comenzó:

—El director Lennon no mentía sobre la vara... En los archivos de los Black he encontrado bastante información sobre ella...

—¿Sabemos dónde se encuentra? —pregunté esperanzada.

—Oh, no, nada de eso, querida Amanda —replicó Benson—. Los Black le perdieron la pista en el siglo XII, no tengo ni idea de cómo la organización del señor Lennon ha podido dar con ella.

—Probablemente porque tienen más recursos de los que tenemos nosotros —comentó la tía Paula ojeando los archivos—. Y eso que nosotros tenemos muchos.

—Podría ser —aceptó el mayordomo—. La vara perteneció a una völva llamada Revna.

—¿Una «völva»? —Nunca había escuchado esa palabra.

—Sí. En la mitología nórdica, son mujeres que se supone que tienen poderes, brujas que pueden ver tanto el pasado como el futuro —explicó Benson—. Se decía de ellas que dominaban el «seiðr», la magia, la cual se relacionaba con el dios Odín y con la diosa Freyja. Lo más característico de estas brujas eran sus hermosos bastones o varas que utilizaban para realizar su magia.

—Entonces, puede ser cierto que con esa vara es posible leer el futuro... —murmuré.

—O lo que dijo Lennon, que su poder puede cambiar el futuro, modelarlo a la voluntad del portador del bastón —añadió mi tía—. El caso es que ese objeto es demasiado poderoso, pero no tienes que aceptar esta misión si no quieres... Y ya sabes mi opinión al respecto.

—Pero quiero —dije—. Creo que debo aceptarla. Lennon aseguró que ya habían empezado a utilizarla.

Aquello zanjó el debate.

Por primera vez en la historia de los Black, íbamos a trabajar para alguien que no éramos nosotros mismos.

Esperaba no estar cometiendo el mayor error de mi vida.

4

AMANDA

—Éstos son los planos del castillo de Mordvražda. —Lennon pulsó una tecla en el mando que tenía en su mano y en la pantalla aparecieron los planos de, no había duda, un castillo.

—¿El castillo de la muerte-muerte? —pregunté permitiendo que la ironía rezumase por mi voz desde mi asiento en la otra punta de la sala.

La traducción no era del todo exacta, pero sabía que Mordvražda estaba formada por dos palabras que, en sus respectivos idiomas, significaban muerte y asesinato. Desde luego, aquella fortaleza había sido construida, desde el nombre, para inculcar el terror en aquellos que pusiesen un pie en ella.

No me sentía cómoda en aquella situación, en una sala de reuniones rodeada de desconocidos; no obstante, la había elegido yo y ya era tarde para echarme atrás, aun así, se me hacía muy difícil no estar a la defensiva.

Además de la información sobre la vara, Benson había investigado sobre aquella misteriosa organización y el hombre que la dirigía sin conseguir averiguar nada interesante. Era como si no existiesen, al menos hasta aquella misma mañana que Lennon había llamado a nuestra puerta pidiendo ayuda. Sin embargo, ni siquiera esta falta de datos junto a la oposición de mi tía a que aceptase aquella misión, pudo hacerme cambiar de opinión, era necesario que sacásemos aquel bastón de la circulación.

Tras una breve conversación telefónica en la que informé al director de que aceptaba el trabajo, éste envió un coche a recogerme y llevarme hasta la sede de la Organización, donde en ese momento nos encontrábamos.

Nada más llegar, me condujeron a una sala de reuniones en la que ya me esperaba Lennon junto a otras personas que me presentaron, si bien el director no les dijo mi nombre, y a las que preferí ignorar.

No pensaba trabajar con ellas.

Ni con nadie.

La única condición que había puesto para aceptar era que trabajaría sola. Según mi propio plan y con mi propio equipo que, en esta ocasión, se limitaría a la tía Paula y a Benson, dado que Eric y yo continuábamos enfadados.

La sala tenía una mesa de madera oscura tan larga como un país pequeño. Lennon ocupaba uno de los extremos, tras él se encontraba la pantalla en la que se proyectaban los planos del castillo. En el otro lado de la mesa, me sentaba yo.

El castillo estaba situado en un pequeño país del este de Europa, Molrovia, y, según la Organización, era donde conservaban la vara de la völva.

¿Cómo lo habían descubierto? No tenía ni idea. La información que me había proporcionado el director Lennon era que se trataba de una nación con un gobierno tirano y un sistema militar que operaba de manera independiente, al margen del resto del continente y del mundo.

En las últimas semanas, el Gobierno había comenzado a obtener grandes ganancias en bolsa; parecía saber con exactitud dónde invertir y cuándo vender. Esto no había pasado desapercibido en los círculos económicos y entrañaba varios riesgos que ya habían empezado a hacerse

SECRET >> 203.45 DT
CPU >> 75
74200-1114569000
Molrovia
900.5914
STORAGE
SERVANT'S BED ROOM No1
HOUSEKEEPER'S ROOM
SERVANT'S BED R.M. No2
SERVANT'S WAITING ROOM
DRAWING ROOM
PORTICO
GALLERY
BED ROOM No2

notar. Cada vez que Molrovia compraba acciones de una empresa, éstas disparaban su precio inmediatamente... Y, al contrario, cada vez que vendía, las acciones se desplomaban dejando a esas empresas al borde de la quiebra... Algo que podría ser catastrófico para la economía a nivel mundial... O eso me explicaron, porque yo no entiendo mucho de estas cosas y tampoco presté mucha atención a aquella parte de la reunión... Al fin y al cabo, sólo tengo trece años y toda esa jerga económica me aburre. A mí me bastaba con saber que aquel bastón tenía un poder que podría ser demasiado peligroso para la humanidad si caía en malas manos... Y, según avanzaba el encuentro, más claro me quedaba que ya había caído en malas manos.

Por otra parte, si la vara no funcionaba como pensaban, esto es, leyendo el futuro y, por el contrario, lo moldeaba a voluntad del portador, las consecuencias podrían ser todavía peores. Fuese como fuese, tenía que robar aquel artefacto.

En aquel punto de la reunión, yo sólo tenía claras tres cosas: tenía que infiltrarme en un amable y simpático país militarizado, robar la vara de Revna y salir por pies de allí sin que me pillasen.

Y todo yo solita.

Observé con detenimiento los planos que continuaban estáticos en la pantalla buscando puntos débiles en aquel castillo. Con un movimiento de la mano, le pedí al director que pasase a la siguiente planta del castillo. Después a la siguiente. Y a la siguiente.

No encontré ninguno.

No a simple vista.

—¿Tienen las horas de los cambios de guardia? ¿Las rondas que hacen los guardianes? ¿Pasadizos secretos? —pregunté—. Necesitaré saberlo todo.

—Lo sabrá, señorita —replicó Lennon.

—¿Qué hay alrededor del castillo?

—Bosques. Nada más. El pueblo más cercano está a ochenta kilómetros.

—También necesitaré un mapa de esos bosques —dije con sequedad—. Lo más exactos posible... e informatizados. —Tendría que cargarlos en mi reloj, el que me dio la tía Paula el mismo día que tomamos posesión de la Mansión Black y que era mucho más que un simple reloj.

—Lo tendrá. Tendrá todo lo que nos pida.

Lo único que yo quería no pensaban dármelo, pero no perdía nada por intentarlo.

—La vara. Es lo único que quiero.

El hombre se apoyó en la mesa y bajó la cabeza para, a continuación, soltar un sonoro suspiro que sonó a hartazgo... O a rendición. No lo entendí del todo.

—Lo he hablado con el consejo. —Hizo una pausa para mirarme a los ojos antes de continuar—. Puede tenerla y conservarla usted donde crea conveniente una vez la hayamos estudiado.

Ah, así que era rendición lo que había suspirado. Tras sus palabras me quedaba claro, pero era un arma de doble filo. Podían pasar décadas reteniendo aquel objeto en su poder con la excusa de que la estaban estudiando.

—Ya... ¿Y cuánto calculan que tardarán en estudiarla? —pregunté malhumorada—. ¿Un mes? ¿Un año? ¿Un siglo?

El director Lennon rio.

—No, no, señorita, aproximadamente dos o tres semanas. No nos interesa la vara para utilizarla, ya se lo dije en nuestra reunión previa... Sólo intentamos que no sea utilizada por nadie. Su poder es demasiado peligroso para que lo controle ninguna nación... O individuo. —Se aproximó a donde yo me encontraba y volvió a apoyar las manos en la mesa, junto a mí—. Ahora, escúcheme, necesitamos que confíe en nosotros, sólo queremos lo mismo que ustedes. Como le comenté, ésa es la verdadera misión de esta organización... Mantener al mundo seguro de amenazas sobrenaturales; no obstante, nos faltan agentes con sus... capacidades. La necesitamos... Y, en esta ocasión, usted nos necesita a nosotros, ya que nuestros objetivos parecen coincidir.

Guardé silencio mientras miraba al resto de personas de la sala, que no habían abierto la boca en toda la reunión. Lennon lo entendió.

—Salgan, por favor —pidió a los empleados sin separar sus ojos de los míos.

Éstos se levantaron y se dirigieron a la salida. Todos hicieron una respetuosa inclinación de cabeza al pasar junto a mí de camino a la puerta.

—¿Saben ellos quién soy? ¿A qué me dedico? —pregunté cortante cuando hubieron salido.

—No, no tienen ni idea —replicó el hombre con solemnidad—. Y seguirá siendo así, si es lo que usted quiere.

—¿Cómo ha sabido de mis...? ¿Cómo las llamó?... Ah, sí, capacidades. —Apoyé los codos en la superficie brillante de aquella mesa y acerqué mi cabeza a la suya, retándole.

—No se lo puedo decir. La Organización tiene sus métodos, por supuesto. Si quisiera unirse a nosotros, estaría encantado de compartir esos métodos con usted...

Dejó el final de la frase en el aire, no hacían falta más palabras para que yo entendiese el mensaje.

—Eso no va a suceder. Colaboraré con la... Organización en esta ocasión. Después, quiero que me dejen en paz. A mí y a mi familia.

—¿No teme que la chantajeemos con desvelar lo que hace? —preguntó con amabilidad sentándose en la silla más cercana a mí.

—¿No teme que descubra al mundo la existencia de esa organización suya? —contesté con una sonrisa cargada de hielo—. Algo me dice que usted tampoco quiere que se sepa nada de esta institución que dirige...

Mi respuesta pareció dejarlo satisfecho, puesto que se reclinó en su asiento y sonrió asintiendo.

—Es una lástima que no quiera unirse a nosotros —zanjó tendiéndome la mano—. Estudie los planos, trace su plan y traiga ese bastón a un lugar seguro. Pídanos lo que necesite... Y, si algo va mal, habrá un equipo de extracción preparado. Pueden sacarla de allí en menos de diez minutos si las cosas se ponen feas.

Me levanté y estreché su manaza.

Aquel hombre parecía honesto. Me caía bien.

Y eso no me gustaba.

5

AMANDA

Una vez en casa con toda la documentación que me había proporcionado el director Lennon, reuní a la tía Paula y a Benson en el taller. Necesitaba analizar toda aquella información con mi reducido equipo. La tía Paula me estaba ayudando en el desarrollo del plan para el golpe y, durante la misión, me seguiría desde el ordenador gracias al localizador de mi reloj avisándome si veía algo extraño en la zona. Mientras tanto, Benson preparaba tanto el avión que pilotaría como las cosas necesarias para llevar a cabo el trabajo. Además, una vez nos pusiésemos en marcha, esperaría en la frontera de Molrovia hasta que yo se lo dijese y actuaría como mi propio equipo de extracción en caso de ser necesario.

Yo esperaba que no lo fuese.

Estudiamos los planos del castillo, las rondas, los cambios de guardia, las cámaras de vigilancia, los bosques circundantes. Lo estudiamos todo. No queríamos dejar nada al azar, ya que en esta misión no estaría Eric para engañar a las cámaras o crear distracciones que me permitiesen salvar el culo. Estaba sola.

—Vale, creo que lo mejor es que aterrice en la frontera y avance por el bosque sin ser vista —comencé—. Eso me llevará un mínimo de cinco horas entre volar hasta la frontera, acercarme en moto a los bosques que circundan el castillo y atravesarlos a pie hasta la muralla.

—Parece lo más seguro, sí —confirmó mi tía.

—Los muros no serán un problema —continué—, puedo trepar por ellos hasta el patio interior... Necesitaré tener cuidado al saltar al otro lado, ahí es cuando corro el riesgo de ser vista por alguno de los soldados que vigilan el perímetro interno del castillo. Fuera no hay vigilancia.

—Será de noche y eso juega a tu favor —comentó la tía Paula—. ¿Tenemos fotografías satélite del área?

Las saqué de la carpeta que me había proporcionado Lennon y se las pasé. Nos había facilitado toda la documentación por duplicado, en un USB y en formato físico, si bien nos había pedido que la destruyésemos una vez acabásemos con ella.

Mi tía buscó entre los archivos del USB y clicó sobre un icono azul. En una de las pantallas de la zona de ordenadores, se proyectaron las mismas fotografías que acababa de darle.

—Puedo avanzar por aquí hasta llegar al castillo —dije señalando unos camiones y otros bultos que se veían en el patio—. Tendré que hacerlo despacio, con cuidado, pero creo que puedo conseguirlo. Lo difícil viene después. No sé si será más seguro continuar por el interior o por la fachada del castillo... Ninguna de las dos opciones me convence mucho.

—Sí... Déjame un momento.

La tía Paula tecleó unos comandos en el ordenador y en otra pantalla aparecieron los horarios a los que cambiaban las guardias y los recorridos de los vigilantes. Pulsando la flecha hacia arriba, la pantalla mostraba los datos del siguiente piso, pero a nosotros nos interesaba el sótano, las mazmorras de la fortaleza, que era donde se guardaba la vara.

Sólo había una entrada y, por tanto, sólo había una salida, lo que lo hacía todo mucho más peligroso. Si me atrapaban allí abajo, no habría mucho más que pudiese hacer salvo rendirme. No debía olvidar que aquellos hombres estarían armados.

Una vez en las mazmorras, tendría que improvisar, ya que tan sólo contábamos con el plano de las plantas superiores. No sabía con qué me encontraría una vez llegase al sótano. Sólo sabía que la vara se encontraba en una cámara al fondo del corredor, y eso si confiaba en los datos que nos habían dado desde la Organización.

—Cariño, ¿de verdad no quieres que hable con Eric? —preguntó mi tía preocupada—. No sabemos nada de esas mazmorras, su ayuda puede ser la diferencia entre la vida y la muerte... Esa gente no dudará en disparar si creen que ese objeto les puede ser arrebatado.

Dudé unos instantes.

Sabía que Eric podría ser, como mi tía había señalado, la clave para salir con éxito de esta misión... o, por el contrario, fracasar, pero si lo llamaba en ese momento, él podía creer que sólo lo necesitaba por las misiones, porque me era útil... Y no quería que esa idea cruzase siquiera por su cabeza. Lo quería en mi vida por muchos motivos y ése era el último de ellos. Por supuesto que me encantaba trabajar con él, pero me gustaba muchísimo más charlar con él y pasar juntos el poco tiempo libre que tenía.

No, esta vez tendría que hacerlo sola. Después ya tendría tiempo de arreglar las cosas con Eric y con Esme. Y pensaba arreglarlo costase lo que costase. Los echaba de menos. Más que a nada en el mundo. Tendría que tragarme la vergüenza por lo que dije y hablar con ellos, pedirles perdón. Este enfado ya estaba durando demasiado.

—No, esta vez necesito que confíes en mí —dije en voz baja, con apenas un susurro—. Necesito hablar con él sin que haya misiones de por medio.

La tía Paula suspiró y se encogió de hombros.

—De acuerdo, como quieras —se resignó—. No insistiré. ¿Estás preparada?

—Bueno, todo lo preparada que voy a conseguir estar. Nada en esta misión me convence, pero creo que tenemos que robar esa vara, tiene un poder exagerado para hacer el mal... Además, el director Lennon ha aceptado que la conservemos nosotras después de que la estudien en esa organización suya.

—¿Lo crees? —Las cejas de mi tía se alzaron en una interrogación socarrona.

—Aunque te parezca extraño... Sí, lo creo —confesé sorprendida tras pensarlo unos segundos—. No me lo había planteado, pero sí, me parece que no mentía cuando lo dijo.

—Confío en tu instinto, Amanda. Ahora ve a prepararte. Tienes que partir en breve si quieres llegar al anochecer a la frontera con Molrovia. Benson ya ha terminado los preparativos. No irá en tu avión, se llevará el helicóptero espía y te vigilará de lejos, no se fía del director Lennon... ni de los molrovios. Yo te ayudaré desde aquí, seguiré tu vuelo. —Benson había conectado todas las aeronaves Black con uno de los ordenadores del taller. Si yo tenía algún problema, la tía Paula podría aterrizar mi avión sin necesidad de salir de casa—. Además, puedo guiarte cuando saltes el muro y cuando atravieses el patio, incluso una vez en el interior del castillo... llevarás una cámara en el mono. Si tienes alguna duda, contacta conmigo a través del comunicador. No lo desconectes nunca.

—De acuerdo... Gracias tía —la abracé y le di un beso en la mejilla.

Me dirigí a mi habitación para cambiarme los vaqueros y la camiseta por uno de los monos fabricados por Benson con la tela Black, una tela especial de su creación que permitía hacer los movimientos más complicados con toda comodidad y regulaba la temperatura de la tela para no pasar frío ni calor, entre otras cosas. En esta ocasión, el mono que utilizaría en la misión escondía en sus bolsillos todas las herramientas necesarias para la escalada: mosquetones, cuerdas, etc. Iría acompañado de unos pies de gato que, no sólo me facilitarían trepar por muros y paredes, si no que, además, me asegurarían un avance silencioso por los corredores del castillo. Por otra parte, con apretar tan sólo uno de los botones del cierre frontal, el mono adquiriría la consistencia de una armadura que me protegería pecho, espalda y piernas en caso de que me disparasen... Y había muchas probabilidades de que me disparasen si me descubrían allí.

Una vez vestida, inspiré y espiré el aire varias veces antes de abrir la puerta de mi dormitorio.

Eché un último vistazo a mi habitación, mi lugar seguro, y me dirigí al taller con paso decidido.

Empezaba el juego.

6

ERIC

Llevaba dos días sin hablar con Amanda... Y no sabía cómo arreglarlo.

El día anterior, en el comedor del instituto, Esme y yo estuvimos a punto de acercarnos a ella, pero nos dio un poco de miedo... Nos miraba desde su mesa con cara de pocos amigos, así que, en el último momento, nos faltó el valor.

¡Qué fuerte! Amanda y yo enfadados.

Quería pedirle perdón por lo mucho que la habíamos presionado. No había sido justo para ella. ¡Que yo hubiese sido tan idiota de hacerle eso! ¡Sabiendo lo mucho que se esforzaba por ser la mejor en lo que hacía! ¡Sabiendo a todo lo que tenía que renunciar mi amiga a diario!

Me sentía como el mayor idiota de esta ciudad y, con total seguridad, de parte del extranjero. Estaba convencido de que no había nadie más idiota que yo.

Por suerte, ese fin de semana Amanda no tenía ninguna misión... O eso pensaba yo, hasta que sonó mi teléfono móvil.

En la pantalla brillaba un nombre: «Tía Paula».

Me iba a caer una buena bronca... Porque estaba seguro de que la tía Paula me llamaba para echarme la madre de todas las broncas.

Y con razón.

Cuanto antes me enfrentase a aquella llamada, mejor. Tenía que ser consecuente con mis acciones y, en esta ocasión, la había cagado. Que Amanda y yo estuviésemos así, era culpa mía.

Suspiré y apreté el icono de «responder llamada».

—Hola, Paula —comencé con tono avergonzado—, ¿ya te has enterado?

—Sí, Eric, ya me lo ha contado... Está muy arrepentida, pero no te llamo por eso —contestó la mujer. Sonaba apresurada, nerviosa—. Te llamo porque te necesito en la Mansión Black lo antes posible.

—Sí, sí, claro, voy enseguida —contesté levantándome de la cama, donde llevaba toda la tarde tirado, vagueando, mirando vídeos en TikTok.

—No, voy yo a recogerte —replicó ella—. Estaré allí en diez minutos —añadió antes de colgar.

¿Cómo que Amanda estaba muy arrepentida? ¿Arrepentida por qué? ¿Qué le había contado exactamente a su tía? Todas esas preguntas rebotaban de lado a lado de mi cerebro mientras me quitaba el pijama y me vestía a toda prisa.

Cogí el dispositivo, que estaba encima del escritorio de mi habitación, y me lo metí en el bolsillo trasero del vaquero.

¿Y qué estaba pasando? ¿Por qué venía Paula a buscarme? ¿Por qué esas prisas? Tenía que haberle preguntado qué ocurría.

Tal vez le había pasado algo a Amanda... Tal vez le había pasado algo POR MI CULPA.

En ese instante me pareció escuchar el timbre. Cogí la mochila que siempre tenía preparada junto a la puerta de mi dormitorio por si tenía que salir corriendo a la Mansión Black —lo que solía ocurrir bastante a menudo— y me precipité a las escaleras bajando los peldaños de dos en dos.

Alcancé la puerta y la abrí de un tirón.

Falsa alarma.

El cri cri de los grillos más madrugadores resonó en el atardecer del pequeño jardín que había frente a mi casa.

—¡Mamá! —grité desde de la entrada—. ¡Voy a ir a casa de Amanda! ¡Viene la tía Paula a buscarme!

Mi madre salió de su despacho con cara de llevar demasiado tiempo trabajando frente al ordenador. Eso consiguió que me separase, por fin, de la puerta de entrada.

—Vale, cariño, pero no pensarás irte sin darme un beso, ¿no? —Abrió los brazos antes de terminar la frase.

—Claro que no, mamá. —La abracé muy fuerte y le di un beso en la mejilla.

Adoraba a mi madre. Era la mejor madre del mundo. Sabía a qué se dedicaba Amanda y cómo la ayudaba yo y sólo me pedía que tuviese cuidado. Sabía que mi trabajo con los Black me llenaba de felicidad y, a pesar de que conocía los riesgos que entrañaba, nunca se había opuesto a que lo hiciese. La tía Paula le había asegurado que nunca permitiría que yo sufriese ningún daño y eso había sido suficiente para mi madre.

Confiaba en mí.

Y yo la quería por ello.

Intentaba ser el mejor hijo del universo para ella. Sólo nos teníamos el uno al otro.

—¿Ya lo habéis arreglado? —preguntó mi madre revolviéndome el pelo—. ¿Ves como todo iba a salir bien?

Sí, le había contado a mi madre todo lo que había sucedido dos días antes y que ahora Amanda no me hablaba. Le había dicho que sabía que mi amiga había tenido motivos para enfadarse con nosotros y lo mal que me sentía por haberla presionado tanto para salir con Esme y conmigo. Ella había escuchado en silencio, sin hablar, sin ofrecer soluciones, sin juzgarme.

Cuando terminé, me miró a los ojos y sólo comentó que sabía que lo arreglaríamos. Que nuestra amistad era demasiado importante para nosotros como para dejar que se nos escurriese entre los dedos.

Vale, mi madre, en ocasiones, puede ser muy poética; no obstante, sus palabras tuvieron el efecto de un cacao calentito tras atravesar a pie una tormenta de nieve.

Supe que todo iría bien, que sólo tenía que acercarme a mi amiga y decirle lo mucho que sentía lo que había sucedido. Que yo iba a estar ahí siempre para ella y que no pensaba volver a presionarla así nunca más. No quería ser el culpable de que se sintiese mal. Eso no es lo que hacen los amigos. Tendría que haberla escuchado y no lo hice.

Esme había estado de acuerdo. Ella también lo estaba pasando muy mal y no quería otra cosa que disculparse con Amanda. Habíamos decidido hablar con ella el lunes, en el descanso de la mañana. Pasase lo que pasase, íbamos a arreglarlo.

—No, todavía no —comencé a explicar—. Me ha llamado Paula... No sé qué ha pasado.

En ese momento, el runrún de un motor acercándose pudo oírse en el exterior para, pocos instantes después, detenerse. Le di otro beso a mi madre y corrí a la puerta. Al abrirla, me encontré a la tía Paula con el dedo alzado, a punto de presionar el botón del timbre.

—Vaya, sí que estabas esperándome —comentó divertida—. Deja que salude a tu madre y enseguida nos vamos. ¿Has cogido todo?

—¡Sí! —exclamé enseñándole la mochila.

—Corre al coche, enseguida voy yo.

Obedecí. Desde el asiento del copiloto, vi a mi madre y a la tía Paula charlando en la puerta de nuestra casita. Un par de minutos más tarde, se despedían con un abrazo y Paula caminaba hasta la puerta del conductor.

—Muy bien, jovencito —dijo arrancando el motor—, tenemos una misión entre manos.

—Amanda no me ha dicho nada.

—Oh, querido, no quería decirte nada, teme que pienses que sólo te quiere para que la ayudes en las misiones.

—Eso es una tontería, no iba a pensar eso... —Me revolví incómodo en el asiento—. Exactamente..., ¿qué te ha dicho Amanda que ha pasado?

—Que os gritó y ahora no le habláis. No sé mucho más... Más allá de que quiere disculparse con vosotros, pero le da miedo que no aceptéis sus disculpas... No seáis muy duros con ella, os quiere más que a nadie.

—¡Qué fuerte! ¡Fue culpa nuestra! —exclamé—. ¡Somos nosotros los que tenemos que disculparnos!

—¿Me va a contar alguien qué ha sucedido? —preguntó Paula con un resoplido.

Durante el trayecto hasta la Mansión Black, le conté la discusión que habíamos tenido y por qué. No evité los detalles más incómodos, necesitaba que entendiese por qué la culpa había sido nuestra y no de Amanda.

Cuando terminé, nos encontrábamos frente a la puerta secreta del taller de la mansión. La tía Paula paró el coche y se volvió hacia mí.

—Creo que todos debéis disculparos —comentó Paula mientras la puerta se abría—. Amanda necesita controlar su genio, no estuvo bien que os gritase... Y vosotros, aunque teníais buena intención..., bueno..., tendríais que haberla escuchado. Todos estáis arrepentidos..., eso está claro. —Hizo una pausa antes de continuar—. Mira, Eric, es normal que en ocasiones los amigos discutan, no pasa nada, pero no permitáis que esto acabe con vuestra amistad, los tres os queréis demasiado. Hablad, no os ha ocurrido nada que no podáis solucionar hablando.

A continuación, arrancó de nuevo el coche y entramos en el taller.

—No la busques —dijo la tía Paula al verme girar la cabeza en todas las direcciones—. No está aquí. Tampoco Benson. Sólo estamos tú y yo.

Aparcó el coche y salimos. La mujer se acercó a la zona de ordenadores, en cuyas pantallas se podía ver una imagen de radar, un plano y una vista satélite de algo que parecía un castillo.

—Siéntate, Eric —pidió Paula poniendo otra silla junto a la suya—. Nada de lo que voy a decirte ahora va a gustarte.

7

AMANDA

Aterricé en un pequeño aeródromo no muy lejos de mi punto de entrada a Molrovia. Contábamos con los permisos necesarios por parte del país en el que dejé el avión... La Organización podía ser muy secreta, pero, desde luego, sus empleados tenían buenos contactos.

Saqué de la bodega del avión la motocicleta con la que iría hasta la frontera, después comenzaba el bosque y, a partir de ahí, iría andando. Era una marcha de unas horas hasta el castillo y tendría que regular muy bien mis fuerzas. No podía llegar a la fortaleza muy cansada, porque entonces la escalada del primer —y esperaba que último— muro se me iba a hacer cuesta arriba... Más cuesta arriba, me refiero.

Me puse el casco y arranqué la moto. Condujе por carreteras solitarias, no sabía si por casualidad o porque el director Lennon se hubiese ocupado también de eso, tampoco me importaba mucho.

El frío cortaba mis manos, pero llevaba los guantes en uno de los bolsillos del mono y no me apetecía parar. Tendría que aguantar hasta mi destino. La carretera, estrecha y llena de baches, serpenteaba a un lado y a otro impidiéndome avanzar a mucha velocidad. Hubo tramos en los que yo hubiese jurado que habría ido más rápido andando, pero iba a necesitar esa moto para regresar al avión con la vara. El paseo por el bosque cargando con ella me lo iba a comer, eso sí. No había encontrado una manera de acercarme sin que nadie notase mi presencia hasta el muro del castillo que no implicase andar.

Mi reloj vibró en la muñeca. Había llegado.

Detuve la moto y la llevé por el manillar hasta el bosque. La escondí tras unos árboles, para que nadie pudiese verla desde la carretera. Me alejé unos pasos y observé mi obra.

Todavía podía verse.

Cubrí la motocicleta con ramas y musgo y volví a alejarme.

Ahora sí que estaba bien escondida.

Sólo esperaba poder encontrarla yo cuando regresase.

Pulsé varios botones del reloj y observé el holograma que se extendió ante mis ojos.

Tenía que seguir una línea recta para llegar al castillo de Mordvražda, lo cual, con tantos árboles, no iba a ser sencillo. Eso sin contar con que el anochecer me había rodeado y no se veía nada. La luna apenas podía atravesar el espesor de las ramas de los árboles y no me atrevía a encender la linterna.

Comencé a caminar con cautela, evitando los troncos y las raíces a duras penas, envuelta por los sonidos de animales. Unas pisadas leves a mi izquierda, un crujido a mi derecha, un aleteo frente a mí... El último consiguió asustarme.

Aun con todo eso, seguí avanzando en la oscuridad, temerosa de que alguien pudiese ver la luz de mi linterna desde la fortaleza.

Un aullido rasgado, agudo, helador, quebró la noche.

Vale, aquello era más de lo que podía tolerar, aquel bosque era demasiado tenebroso para ir a oscuras... Y avanzaba demasiado despacio.

Necesitaba luz.

No porque tuviese miedo, no, porque si no, no iba a llegar a tiempo... Y, bueno, puede que también tuviese un poquito de miedo, vale.

Encendí la linterna apuntando al suelo, su brillante foco provocó que tuviese que entrecerrar los ojos durante unos instantes. Cuando se me acostumbraron, pude correr por aquel bosque. Ahora ignoraba los sonidos que antes me habían asustado. Es curioso cómo con tan sólo un poco de claridad podemos alejar nuestros temores.

De vez en cuando miraba el holograma para saber si me había desviado de la ruta. Sólo en una ocasión tuve que corregir el rumbo. Rodeaba gruesos troncos, saltaba raíces, esquivaba ramas... Era como uno de mis entrenamientos con la tía Paula, sólo que casi a oscuras. No tardé mucho en acostumbrarme a aquel ritmo de giros, saltos y desplazamientos agachada para no comerme una rama más baja que las otras. Me estaba empezando a divertir, pero no podía perder de vista que, cuanto más cerca de mi destino me encontrase, más peligro correría de ser vista.

Eché un vistazo al holograma y vi que apenas me faltaban quinientos metros para llegar a la muralla.

Apagué la linterna. El último tramo tendría que hacerlo de nuevo a oscuras, pero aquel «paseo» por el bosque había conseguido que perdiese el miedo a esos árboles centenarios y a sus peludos habitantes.

El castillo se encontraba en lo alto de un cerro, ocupando toda la plataforma del mismo. El acceso era imposible por la parte trasera, donde un corte de roca descendía en picado hasta un río que, a muchos metros por debajo, corría salvaje entre rápidos, rocas dentadas y espuma. En los laterales y en la parte frontal, rodeadas por la vegetación, las laderas del cerro descendían también de manera abrupta en un ángulo demasiado empinado para que un ejército pudiese penetrar en la fortaleza... Pero yo no era un ejército. Y no necesitaba entrar por la fuerza, necesitaba tan sólo entrar. A ser posible sin que me viesen.

—Benson, tía Paula, estoy en el castillo. Voy a escalar el muro —susurré.

—Recibido —dijo la tía Paula.

—Tenga cuidado —pidió Benson.

Me acerqué a la pared y miré hacia arriba. Varios metros —muchos— me separaban de la parte más alta, pero no me supondría ninguna dificultad escalarlos ya que, entre los bloques de piedra, había suficiente espacio para que yo pudiese sujetarme. Aun así, llevaba piolets por si llegaba a necesitarlos.

Comencé el ascenso con cautela, vigilando también el suelo por si aparecían visitantes inesperados. Poco a poco, fui alargando la distancia entre mi posición y el lecho del bosque.

Introducía los dedos entre las juntas de los bloques de piedra con facilidad, si bien, en un par de ocasiones, tuve que hacer uso del piolet para poder hacer hueco. Golpeaba con cuidado, rogando por que el seco chasquido que producía el metal al golpear la roca no fuese escuchado por los vigilantes que recorrían el patio al otro lado de la muralla.

Llegué a la parte más alta y me senté con las piernas colgando, una a cada lado, del parapeto almenado, entre dos de las almenas, en la frontera entre el bosque y la fortaleza, en tierra de nadie. Todavía podía dar media vuelta y regresar por donde había venido... Sólo que no iba a hacerlo.

Con un último salto, me planté en el adarve de la muralla, por aquella zona habían transitado los guardianes en tiempos ya remotos. En la actualidad no había nada allí, ni vigilantes ni armas ni nada. Sólo yo. Me dirigí agachada hasta el bajo pretil que daba al castillo.

—Tía Paula, dime cuándo puedo saltar al patio —susurré.

—Espera un poco más todavía. Están justo debajo de ti.

Esperé unos instantes que me parecieron horas. Una vez tocase el suelo, contaba con unos escasos diez segundos para esconderme entre los camiones que había aparcados más adelante. Si caía mal, no me daría tiempo a correr hasta allí.

—¡Ahora! —dio la orden mi tía.

Salté preparando la caída antes casi de separarme de la pared. Rodé sobre mí misma al caer y en el mismo movimiento me levanté y corrí hasta los furgones.

—¿Quién anda ahí?

Uno de los soldados que patrullaban esa zona del patio alumbró con su linterna el lugar en el que yo había caído. Se acercó a toda prisa llamando a su compañero. Por suerte, el suelo había sido cubierto de grava, por lo que yo no había dejado huellas, si bien los crujidos que emitió esa misma grava bajo mi peso al tocar el suelo habían sido los culpables de que el vigilante me escuchase.

Me metí bajo uno de los camiones y esperé a que continuasen con su ronda.

—¿Qué sucede? —preguntó el compañero.

—He oído algo... No sé, algo cayendo.

—¿Podría haber sido un búho? Esos bosques están llenos...

—Peinemos la zona... Sólo por asegurarnos.

Desde mi escondite, vi que uno de los hombres se alejaba paseando el haz de su linterna de lado a lado del patio, mirando detrás de cada arbusto y en cada sombra. El otro cada vez se acercaba más a mi posición. Estaba a dos camiones de distancia... Se agachó junto al primero e hizo un barrido con la linterna buscando bajo el chasis.

Porras, no había contado con eso.

Tenía un problema.

El soldado se inclinó junto al segundo camión e hizo la misma maniobra.

Tenía que pensar algo o me iba a pillar.

Sus pasos sonaban como un martillo golpeando los clavos de un ataúd, acercándose cada vez más al lugar donde yo me encontraba.

Tenía dos opciones y muy poco tiempo para decidirme por una de ellas.

Esperaba no equivocarme.

8

AMANDA

La primera de mis opciones era golpear al soldado en la cabeza y dejarlo sin sentido. Los riesgos eran que me viese salir por la parte trasera del camión o que su compañero, que no estaba tan lejos del lugar en el que nos encontrábamos, consiguiese detener el ataque con un simple grito... que, de paso, podría alarmar a todo el castillo.

No. Demasiadas cosas podían ir mal en ese escenario.

Y todo ello sin contar con que no me hacía ninguna ilusión tener que herir a alguien.

La otra opción era esconderme detrás de una de las rosquillas gigantes que aquel camión tenía por ruedas.

Opté por la segunda, me pareció mucho más limpia; no obstante, también tenía sus problemas. Si aquel hombre se agachaba a mirar por la parte delantera o trasera, ya podía yo hacer lo que quisiera, que iba a poder verme sin ninguna dificultad... A no ser que yo fuese más rápida que él y me escondiese tras una rueda, pero por fuera, en la parte del furgón más cercana al edificio principal de aquella fortaleza.

Por suerte, el suelo en la zona de aparcamiento era de hormigón, no de grava. La grava hubiese echado por tierra cualquiera de las dos opciones.

El hombre pasó junto a la parte frontal del furgón y vi cómo sus pies giraban para dirigirse hacia mí.

Era ahora o nunca.

Me agazapé tras del gigantesco neumático intentando hacerme muy pequeña, con las piernas flexionadas contra mi pecho.

El haz de la linterna barrió toda la parte inferior del camión un par de veces.

Contuve la respiración. Podía escuchar el aire entrando y saliendo de los pulmones del soldado, junto a mi escondite y, si yo podía escucharlo a él, él podría escucharme a mí. Estaba muy cerca. Si estiraba la mano, podría tocarlo.

Por supuesto, no estiré la mano.

Esperé a que se diese por satisfecho y se largase a inspeccionar el siguiente transporte.

Escuché los pasos alejándose y repitiendo el proceso unos metros más adelante.

Continué esperando.

Cuando pensé que ya estaba lo suficientemente lejos, salí de mi refugio tras la rueda y me aproximé, agachada, a la fachada del castillo, donde se agrupaban un montón de cajas. Me escondí tras ellas para decidir mi siguiente paso.

Alcé la vista hasta la parte más alta del castillo.

Aquello era una escalera de bloques de piedra, como el muro exterior. No me costaría trepar por allí y colarme por alguna de las troneras o ventanas. El edificio principal estaba presidido por una torre del homenaje, cuatro ángulos de noventa grados que se elevaban sobre todo lo demás. En el pasado, la torre había acogido en su interior al señor del castillo, que solía ser un caballero, un duque, un conde, un rey o algo así. Supuse que en la actualidad se alojaría en ella el tirano que gobernaba Molrovia junto a todo su séquito, si bien en este caso no habría armaduras ni espadas, sino más bien uniformes militares con la pechera llena de medallas —había visto fotografías del gobernante— y armas de fuego de todo tipo y tamaño.

El conjunto del castillo era impresionante, sólido, robusto y atemorizador.

La tía Paula me había contado que había sido construido en el siglo XI y cumplía las funciones de prisión y fortaleza. No podía parecerme más apropiado para cualquiera de las dos cosas. Era un bloque cuadrado de pura roca salpicado con pequeñas aberturas rectangulares que permitían disparar flechas desde ellas.

La muralla, que rodeaba todo el perímetro y que yo acababa de saltar, era alta y gruesa y, cada pocos metros, contaba con un torreón desde el que los guardianes podrían haberse protegido de cualquier incursión armada permitiendo un contraataque desde una posición elevada. Los que estuviesen en la ladera de la colina no habrían tenido mucho que hacer, más allá de esperar a que los defensores se quedasen sin comida o sin agua.

Junto a la muralla, en su parte interior, se elevaban varios edificios construidos con el mismo tipo de piedra y cubiertos por tejados de madera a un agua, con la parte más alta apoyada en la misma muralla. Imaginé que aquello serían caballerizas, armerías y cosas así. Las puertas abiertas me permitieron vislumbrar cajas de suministros modernas. Más allá, también junto al muro, se elevaban otras construcciones de piedra, pero éstas eran más altas y con tejados negros, tal vez para alojar a las tropas de la época. Ahora se veían huecos, fantasmagóricos, sin vida. Ninguna de sus ventanas arrojaba la luz ni de una simple linterna. Allí sólo debían de vivir insectos y algún murciélago friolero.

La enorme entrada al castillo contaba en su parte superior con una estructura fortificada que servía para alojar a los guardias responsables de su vigilancia, ya que era el punto más débil de toda la fortificación. En la parte interior, dos desproporcionadas ruedas con cadenas servían, al ser giradas, para alzar los rastrillos, las puertas enrejadas que protegían todo el recinto.

Y en aquella fortaleza había conseguido colarme yo solita y sin ser vista... Aunque esto segundo no sabía cuánto tiempo más iba a durar. Según los cuadrantes que nos había proporcionado el director Lennon, había rondas cada pocos minutos durante toda la noche. Y tendría que hacerme con la vara antes de que despuntase el día, ya que, en ese momento, toda la fortaleza se llenaría de vida... Y había cientos de personas viviendo en ella.

Entrar por la puerta principal era una locura, en todo momento había dos soldados apostados en ella, uno a cada lado de la puerta de madera con tachones metálicos.

Sólo me quedaba entrar por alguna de las troneras —si cabía— y, una vez dentro, descender por las escaleras hasta el sótano, esquivando a los soldados que rondaban por cada planta.

Poco después, los dos que habían estado buscándome regresaron a sus labores habituales de vigilancia, que consistían en recorrer cada uno una mitad del patio, desde el lateral hasta el centro y vuelta. Comencé a trepar por un saliente junto a la puerta principal cuya sombra me mantendría oculta.

Me fui sujetando a los dibujos de las rocas sin hacer uso del piolet, ya que estaba segura de que, en esta ocasión, los dos hombres de abajo podrían escucharme.

Elegí una de las troneras que quedaba como a una altura de tres pisos. Antes de dirigirme a ella en horizontal, eché un rápido vistazo al suelo. Si alguno de los dos soldados decidía mirar hacia la fachada, me vería, pero no podía estar allí toda la noche colgando como un cuadro.

Avancé a toda velocidad y me colé por la tronera.

Repté por ella hasta llegar al otro lado. Asomé la cabeza y miré a izquierda y derecha antes de saltar al interior. Comprobé el mapa de mi reloj. Me encontraba en las escaleras que llevaban del segundo al tercer piso del castillo.

Estaba cada vez más cerca de mi objetivo; no obstante, todavía me separaban de él varios pisos y numerosos soldados.

No podía distraerme.

9

AMANDA

Descendí en silencio por la escalera de caracol hasta el segundo piso. Un arco separaba la escalera del resto de aposentos de aquella planta. Me aposté junto a él y esperé a que pasara el guarda. Sabíamos que, cada poco tiempo, uno de los vigilantes del último nivel descendía hasta la entrada principal del castillo para después volver a subir hasta su posición original. Lo hacía para asegurarse dc que nadie sin autorización rondase por aquella escalera. El director Lennon nos había contado que, en aquella fortaleza, se realizaban también unos muy misteriosos y poco ortodoxos experimentos... Y éstos se llevaban a cabo en ese último piso.

Miré el reloj. Tenía apenas un minuto para bajar hasta la planta baja. Escuché los pasos del vigilante a unos escasos metros por detrás de mí. Como estaba en una escalera de caracol, sólo necesitaba mantenerme algo por delante de él, pero los arcos de entrada a cada planta eran áreas que me dejaban al descubierto durante un par de segundos, tenía que asegurarme de que no había nadie antes de pasar por delante de ellos.

Me aposté junto al siguiente arco, los pasos estaban cada vez más cerca.

Me asomé por el borde y vi al guarda que se acercaba.

¡Porras! ¡No podía atravesarlo o me vería!

¡Y los pasos que descendían sonaban cada vez más cerca!

¡Tenía que pensar algo!

Miré a mi alrededor buscando un escondite. Junto a mí había otra de aquellas troneras.

Me escabullí en su interior.

Si aquel soldado miraba hacia donde yo me encontraba, me vería, pero no tenía ningún otro escondite.

Repté por el interior de la tronera hasta la fachada, por si al final me veía y tenía que salir por pies. Esperé escuchando las pisadas más y más cerca.

El hombre pasó por delante de mi refugio sin levantar la vista de los escalones.

Vale, ahora sólo me faltaba seguir esperando hasta que volviese a subir, de lo contrario nos cruzaríamos por el camino.

Pasados un par de minutos, el soldado volvió a pasar, esta vez en dirección contraria y, de nuevo, sin separar la vista del suelo.

Lo entendía, un mal paso podría significar caer rodando por aquella escalera enroscada e infernal, ya que no había dos peldaños del mismo tamaño y, además, su uso continuado durante tantos siglos los había cubierto de una pátina brillante y resbaladiza que la convertía en una trampa mortal para los despistados.

Salí de mi escondite y me aseguré de que no hubiese nadie al otro lado del arco antes de atravesarlo para continuar el descenso.

Alcancé el último arco y me agazapé junto a él. Eché un vistazo a lo que había al otro lado: a la derecha se encontraba el gran portón de acceso desde el patio, frente a mí, el arco que descendía hacia las entrañas de la fortaleza —mi destino— y, a la izquierda, varias estancias cuyo interior no pude ver por encontrarse cerradas sus puertas.

Un par de soldados con aspecto aburrido jugaban con sus móviles mientras charlaban en tono amigable sobre sus cosas de soldados. Los dos se encontraban de espaldas a mí, junto a la entrada.

Los muros estaban recorridos por pilastras gruesas y sin adornos de piedra grisácea y sólida.

Podría haber corrido hasta el otro lado de aquella estancia, pero si alguno de los dos hombres se hubiese girado, me habrían visto... Y yo no quería eso.

Salí con cautela de la escalera y me acerqué a la pilastra más cercana. Si escalaba el muro desde su lado izquierdo, aunque se diesen la vuelta, aquellos soldados no podrían verme. Después podría desplazarme por el techo haciendo uso, de nuevo, de mis habilidades Black... que esta vez se verían apoyadas por unas ventosas especiales que me había proporcionado Benson junto con el resto del equipo y que podría encontrar en uno de los bolsillos del mono.

Hurgué en el bolsillo y saqué las ventosas y los guantes. Me puse estos últimos y coloqué las ventosas en torno a los pies de gato y alrededor de las manos y comencé a escalar. Una vez llegase a la parte superior, tendría que girar las ventosas de los pies para utilizarlas. Ahora las llevaba en la puntera, mientras que para atravesar el techo tendría que ponerlas en la parte superior del calzado. De cualquier manera, había suficientes vigas de madera en aquel techado como para que pudiese avanzar de manera segura sin necesidad de las ventosas.

Alcancé la parte más alta sin problemas, atravesé toda la sala y descendí por otra pilastra situada frente a la primera que había utilizado. Cuando estuve en el suelo, guardé de nuevo las ventosas en el bolsillo por si volvía a necesitarlas, pero me dejé los guantes puestos. Así tardaría menos si quería volver a utilizarlas. Y era muy probable que volviese a necesitarlas para salir, todo dependía del peso de la vara de la völva y, en las imágenes que había visto, tenía pinta de ser bastante pesada.

Me escabullí por las escaleras que bajaban a las mazmorras.

Aquí comenzaba lo desconocido.

10

AMANDA

Un sólo tramo de escaleras, más largo y estrecho de lo que me había imaginado, me llevó hasta el subterráneo. Frente a mí se extendía un pasillo muy ancho, húmedo y oscuro. Con la poca luz que daba una bombilla pelada que colgaba de un cable desde el techo, pude ver distintos objetos en aquel corredor: armaduras, instrumentos de tortura que no reconocí, expositores de armas en los que acumulaban polvo mazas de tres colas, lanzas de punta oxidada por el paso del tiempo y espadas más grandes que yo llenas de herrumbre, entre otras cosas.

Aquel pasillo parecía el trastero del castillo.

Di un paso adentrándome en él.

Iba a dar un segundo paso cuando lo vi.

Un pequeño punto rojo de luz en una de las paredes.

Una alarma por luz infrarroja.

Si avanzaba un sólo paso más, se dispararía.

Pulsé varios botones del reloj y un haz de una luz algo mortecina y azulada salió de él. Lo apunté al pasillo.

Un entramado de hilos de un rojizo brillante surgió ante mis ojos. Llegaba hasta el techo del pasillo y apenas dejaba zonas sin cubrir.

Suspiré.

Atravesar el corredor me iba a llevar un ratito tirando a largo, más me valía comenzar cuanto antes.

Alumbré con el reloj de izquierda a derecha. Abajo, casi pegado a la pared, había un hueco por el que cabía.

Poco a poco fui encontrando huecos en el enrejado rojo por los que fui acercándome a la última puerta, cada vez estaba más cerca de mi objetivo... Si bien iba a ser muy divertido volver con el bastón a cuestas. No sabía cómo iba a hacerlo, pero ya lo resolvería mi yo del futuro. La de dentro de unos veinte minutos.

Por fin alcancé la puerta. Era de madera oscura y tachonada, con una aldaba negra en su centro bajo la cual un oscuro ojo pedía a gritos una llave que yo no tenía.

Estaba segura de que iba a estar cerrada, aun así, le di un suave empujón con la mano.

La puerta se movió, apenas un centímetro, pero se había movido.

Volví a empujarla, esta vez con algo más de fuerza.

Se abrió lo suficiente para que yo pasase. El portón era muy pesado, pero nadie se había molestado en cerrarlo, tal vez porque ese «nadie» consideraba inconcebible que alguien lograse atravesar con éxito la alarma de luces infrarrojas.

Estaba claro que ese «nadie» no me conocía a mí.

Entré en la estancia. Se encontraba a oscuras y yo pretendía que siguiese siendo así, tal vez las luces disparasen alguna otra alarma o existiesen cámaras de videovigilancia en la sala.

Dirigí la luz azulada de mi reloj hacia el centro. Allí no había más alarmas de movimiento.

Mi reloj alumbró algo sobre una mesa, en el centro de la habitación.

Reposando sobre un armero de metal oscuro se hallaba la vara de la völva.

Me aproximé e inspeccioné el armero con detenimiento.

No vi nada fuera de lugar.

Aproximé una mano al bastón y lo acaricié. Era de hierro rugoso, grueso, negro.

Enrosqué mis dedos en torno a la vara y la alcé de su pedestal.

Una estridente sirena comenzó a sonar por todas partes.

Al parecer, sí que había algo fuera de lugar en el armero y yo no lo había visto.

Sólo me quedaba correr.

Y es lo que hice.

Atravesé a toda velocidad el corredor de regreso a las escaleras rompiendo con mi cuerpo aquellos hilos rojos invisibles. Me dio igual, pero se alzó una nueva cacofonía de aullidos y timbrazos. Estaba disparando todas las alarmas del mundo, dudaba de que quedase alguna sin gritar «¡Intrusa! ¡Intrusa!»; no obstante, no dejé de correr, al contrario, apreté más aún el paso.

En las paredes del pasillo se habían encendido luces rojas que se iluminaban y apagaban a intervalos dejándome a oscuras durante breves instantes.

Antes de poder salir del subterráneo, los dos soldados que habían estado jugando con sus móviles en la entrada aparecieron por las escaleras. Sujeté la vara con las dos manos y la sitúe frente a mí en horizontal. Aquellos hombres sonrieron al verme, casi pude leerles el pensamiento. No era más que una niña, sería pan comido cogerme. Se acercaron cada uno por un lado y yo se lo permití.

Cuando estuvieron a pocos centímetros de mí, lancé la vara primero hacia la derecha y después a la izquierda.

Cayeron al suelo sin sentido. Eso les pasaba por subestimarme.

Uno sangraba por la nariz. Hice una mueca de dolor y dije «Lo siento» al saltar por encima de ellos... No, no me gustaba nada hacerle daño a la gente.

Me abalancé a las escaleras y comencé a subir los escalones de dos en dos con la vara entre mis manos, preparada para utilizarla de nuevo como arma.

No me crucé con nadie más. Atravesé la entrada a la carrera y me abalancé a la escalera de caracol. En ese momento, sucedieron varias cosas a la vez: el portón de entrada se abrió de golpe y varios hombres, todos ellos jóvenes, fuertes y militares —lo deduje por sus uniformes— entraron gritando órdenes de «¡Alto!», «¡Deténgase!» y similares, en un intento de que yo me estuviese quietecita; por otra parte, a pocos metros de donde me encontraba, escuché un tropel de pasos bajando a la carrera. A mi izquierda vi una tronera, lancé el bastón al interior y me metí en ella. Sin detenerme ni un instante, alcancé la salida, me enganché el bastón en la espalda y salí de nuevo a la noche.

Con un vistazo rápido, me di cuenta de que todos los soldados habían abandonado el patio al sonar las alarmas, o eso me pareció a mí. Salté al suelo y corrí hasta el muro, ocultándome en las sombras, primero las de los camiones y después las de las caballerizas. Desde la parte más alta de la torre del homenaje, dos potentes haces de luz blanca rompían la noche para ir a chocar contra el muro exterior, recorriéndolo como dos gordos insectos que jugueteaban sin llegar a encontrarse.

Me buscaban.

Saqué las ventosas del bolsillo y las adosé de nuevo a manos y pies para trepar por la muralla. Sin ellas, el peso de la vara me arrastraría hasta el suelo impidiéndome huir.

Comencé a escalar deseando poder esquivar aquellos charcos de luz. De no ser capaz de evitarlos... Bueno, podía darme por muerta, porque aquel ejército había sido entrenado para matar. De momento, iba ganando yo, pero sólo por el efecto sorpresa... Y ya no lo tenía.

11

AMANDA

Escalé la muralla haciendo eses por su superficie, intentando evitar los focos. Subí a toda la velocidad que me permitían brazos y piernas, cada vez más lentos, cansados y doloridos debido al peso extra de la vara sujeta a mi espalda.

Por fin llegué a la parte alta del muro, atravesé como una sombra el parapeto y descendí por el otro lado. El bosque estaba tranquilo, no había hombres buscándome allí. Todavía no se habían dado cuenta de que había escapado del castillo. Miré en mi reloj la ruta hasta la motocicleta y corrí.

—Benson —dije sin dejar de correr—. La tengo, voy de camino al avión. Puedes regresar ya a casa. Te veo allí.

—Preferiría esperarla aquí, Amanda —replicó el mayordomo en mi oído.

—No, dos naves despegando a la vez sería muy sospechoso. Márchate.

Corté la comunicación y continué avanzando entre los árboles, a oscuras.

De vez en cuando, me detenía y escuchaba, pendiente de si algún grito llegaba hasta mí. No pude oír nada, pero eso no significaba que no me estuviesen persiguiendo.

Pasadas varias horas, cuando ya la luna se preparaba para irse a dormir y el sol tomaba su relevo, llegué hasta la moto. La saqué de su cama de hojas y ramas, coloqué la vara en la parte trasera y en un sólo movimiento me subí y arranqué el motor.

El bosque había ido cubriéndose poco a poco por una niebla blanca y densa que me sería de gran utilidad para el último tramo de mi aventura. Sólo necesitaba llegar a la frontera, una vez la atravesase, estaría a salvo.

Con un movimiento seco de la muñeca, aceleré y me alejé del bosque y del castillo rompiendo la neblina, que se enroscaba como una sábana a mi alrededor.

Conduje a toda la velocidad que pude por aquellas carreteras borrachas, llenas de curvas, hasta que alcancé la frontera. Sólo entonces me permití respirar... Y de paso, bajar la velocidad. Sólo faltaba que me estampase contra un árbol o algo así.

Una vez en el aeródromo, abrí la bodega del avión, guardé en su interior la motocicleta con la vara todavía anclada a su parte trasera y me dirigí a la cabina del piloto. A aquellas horas no había mucho tráfico aéreo y la torre de control no tardaría en darme permiso para partir.

La luz verde llegó poco después. Con un suspiro de alivio, comencé la maniobra de despegue.

En unas pocas horas, estaría tranquila en casa y podría olvidarme de todo esto.

—Voy de camino, tía Paula, puedes irte a dormir. Todo ha ido bien.

—Te esperaremos despiertos, hay alguien aquí que está deseando hablar contigo.

—¿Quién está ahí? —pregunté sabiendo la respuesta.

—¡Hola, Amanda! —La voz de Eric sonaba tensa como una cuerda que están estirando por los dos extremos.

—Hola, Eric —La mía no sonaba mucho mejor.

—Luego hablaréis —interrumpió mi tía en la línea—, ahora lo importante es que llegues a casa cuanto antes.

—Vale, tía. —Tendría que superar el cansancio que sentía porque, en cuanto bajase del avión, quería hablar con mi amigo. Tenía que arreglar las cosas con él—. Eric, no te vayas a tu casa, por favor.

—No pensaba hacerlo. —Esta vez sí pude escuchar su sonrisa—. Aquí te espero.

—¿Me esperarás despierto?

—No lo dudes ni por un segundo siquiera.

Estaba segura de que mi tía tenía algo que ver con el hecho de que Eric estuviese en casa y la quise —todavía más— por ello.

Corté la comunicación y me concentré en el cuadro de mandos frente a mí.

Algo había llamado mi atención.

Algo que no me gustaba.

ERIC

—Bueno, querido, creo que podemos permitirnos un descanso de estas pantallas —comentó la tía Paula levantándose de su silla frente al ordenador—. ¿Qué te parecería un cacao calentito con pastitas y galletas? Benson lo dejó preparado todo antes de marcharse.

—¿Que qué me parecería? —pregunté estirándome, había pasado demasiado tiempo sentado frente a los ordenadores—. ¡Qué fuerte que tengas que preguntármelo! El paraíso, eso es lo que me parecería. Me muero de hambre y de sueño, pero le he dicho a Amanda que la esperaría despierto y es lo que pienso hacer.

—Pues vamos arriba, aquí ya no hay mucho más que hacer —me animó la mujer con una sonrisa, dándome unas palmaditas en la espalda para que me pusiese en pie—. Sólo nos queda aguantar hasta que aterrice en casa. Por fin ha acabado todo, no me gustaba nada esta misión.

—Ya, te comprendo, todavía no me entra en la cabeza cómo pudo aceptarla... y cómo pudiste dejar que la aceptase, si me permites decírtelo.

—En realidad es tan sólo que no quise prohibírselo, creo que tiene que empezar a decidir por sí misma... —se excusó la mujer—. Y ya sabes cómo es Amanda, no podía permitir que ese bastón estuviese en malas manos... Tal vez, si hubieses estado aquí, habríamos podido convencerla de que no lo hiciese —zanjó con un encogimiento de hombros.

—Es posible —acepté—. Por suerte, todo ha acabado bien, ahora sólo falta que esa... organización cumpla su palabra... ¿Cómo se llama?

—No lo sabemos, es una organización secreta, muy secreta, por lo visto.

—Pero... ¿Cómo es que nunca he oído hablar de ella?

La tía Paula emitió una tosecilla y dibujó una interrogación con una de sus cejas antes de clavar sus ojos en los míos.

—¿En serio? —dijo con un resoplido.

—Aaaaaah, claro —murmuré algo avergonzado—. Son muy MUY buenos.

La mujer rio mientras las puertas del ascensor se abrían ante nosotros.

Subimos a la cocina y Paula sirvió un cacao calentito para mí y un café para ella. Comimos las galletas y pastas con ganas —y guardamos las suficientes para que Amanda y Benson también pudiesen comer algo al llegar a casa—, habíamos estado toda la noche en pie y todavía faltaba bastante para que mi amiga regresase, teníamos que aguantar despiertos. Al menos, YO tenía que aguantar despierto.

Charlamos durante un buen rato, hasta que Benson apareció por la puerta del mismo ascensor en el que habíamos subido nosotros hasta la cocina.

—Buenos días, señora Paula, señorito Eric.

—¡Benson! —me levanté para estrecharle la mano.

—Te prepararé un café mientras esperamos a mi sobrina —dijo la tía Paula.

—Oh, no se moleste, yo mismo lo haré —replicó el mayordomo.

—Ni hablar —se negó ella—. Es una orden. Siéntate a la mesa y descansa.

El mayordomo obedeció dirigiéndome un gesto de «mejor no llevarle la contraria».

—La señorita Amanda tendría que llegar a casa en unas tres o cuatro horas —comentó Benson mirando su reloj—. Van a esperar despiertos, intuyo.

—Intuyes bien, Benson. Eric está deseando hablar con ella —replicó la tía Paula.

—Ah, por su enfado...

—¿Tú también lo sabías? —pregunté sintiendo que mi cara y mis orejas iban adquiriendo un llamativo color rojo—. ¿Te lo contó ella?

—Oh, no, no me hizo falta —rio el mayordomo—. Ha estado muy triste estos días y tú no venías por aquí, así que no me costó mucho atar cabos... No te preocupes, mi querido joven, en cuanto la señorita llegue a casa, podréis hablar y solucionar vuestras diferencias.

Esperamos en la cocina, charlando los tres de manera amigable.

Y esperamos.

Y esperamos.

Pero Amanda nunca llegó.

12

ERIC

Nos encontrábamos en el taller intentando averiguar qué le había sucedido a mi amiga, por qué motivo su avión no había aterrizado todavía en la Mansión Black y por qué no aparecía su localización en nuestros sistemas ni podíamos contactar con ella. Entonces Benson, que en ese momento se inclinaba sobre la pantalla y decía algo, sin previo aviso cortó la frase a mitad y se enderezo.

Paula y yo lo miramos extrañados, sin saber muy bien qué hacer o qué decir.

—Se acerca un vehículo —aseveró el mayordomo—. Tal vez sea la señorita Amanda —finalizó esperanzado, dirigiéndose hacia el ascensor.

La mujer y yo lo seguimos sin dudarlo. Si era Amanda, queríamos saber qué había causado que se retrasase tanto. Tenía que haber tenido algún tipo de problema con el avión, si bien la aeronave nos daba igual, sólo esperábamos que ella estuviese bien... Aunque no conseguíamos encontrarla con el localizador de su reloj.

Llegamos al piso superior cuando sonaba el timbre de la puerta principal de la mansión.

Benson se apresuró a abrir mientras la tía Paula y yo aguardábamos tras él con nuestras mejores sonrisas estirando nuestros labios hacia los lados.

Esas sonrisas desaparecieron en cuanto nos dimos cuenta de que no era mi amiga la que se encontraba al otro lado de la puerta.

—Director Lennon —Paula se acercó a él con la alarma dibujada en su rostro—, ¿va todo bien?

Así que aquél era el famoso director Lennon del que tanto había oído hablar durante toda la noche, ¡qué fuerte! Yo me mantuve un paso por detrás: mirándole el gesto grave y serio ya nos dábamos cuenta de que no todo iba bien...

—Siento decirles que ha habido un accidente —comenzó el hombre—, el avión de su sobrina se ha estrellado volviendo de Molrovia... No ha sobrevivido.

No, nada iba bien.

¿Cómo iba a ir algo bien si, según aquel hombre, Amanda estaba muerta?

De entre los labios de Paula salió un grito ahogado, se sujetó a Benson con un brazo para no caer al suelo por la impresión.

—No hemos podido recuperar su cadáver... —continuó el hombre—. No queda nada. El avión se desintegró en pleno vuelo.

Yo no tenía a nadie cerca a quien agarrarme, quien siempre había estado ahí para hacerlo era la persona que acababan de decirme que había fallecido en un estúpido accidente de avión. Di un par de pasos hacia atrás hasta que mi espalda chocó con la pared y dejé que se deslizase hasta que quedé sentado en el suelo.

¡Qué fuerte! ¡No podía ser cierto! ¡Me negaba a creer que mi mejor amiga estuviese muerta!

¿Qué iba a hacer yo sin ella? Sentí que mi mundo se acababa.

En mi cabeza se agolparon los recuerdos de todo lo que había vivido con Amanda: cómo nos conocimos, nuestras primeras aventuras, nuestras risas, nuestras confidencias... Todos esos recuerdos concentrados en apenas unos instantes.

Todo se había perdido.

Para siempre.

Pensé que no iba a poder vivir sin mi amiga.

No. No podía ser cierto. Me negaba a creerlo.

¡NO ERA POSIBLE!

ESE HOMBRE TENÍA QUE ESTAR MINTIENDO.

No supe qué sucedió después, lloraba con la cara escondida entre los brazos sin poder contener las convulsiones que los sollozos provocaban en todo mi cuerpo. Sabía que los adultos continuaban hablando en la puerta, pero yo no escuchaba. Sólo podía pensar que mi amiga ya no estaba... No

iba a volver a estar... Y yo no había podido disculparme con ella. Sólo podía pensar que la última vez que habíamos hablado habíamos discutido... Así que no podía ser cierto... No podía haber muerto.

Levanté la vista lo justo para escuchar al director Lennon despedirse de Paula y de Benson con gesto grave. Paula lloraba desconsolada mientras Benson la abrazaba y susurraba palabras de consuelo en su oído. El mayordomo tenía los rasgos desfigurados por el dolor, pero intentaba contener el llanto. Poco después, cerró la puerta dejándonos dentro con nuestra angustia. Fue guiando de manera gentil y suave a Paula hacia la cocina.

Yo me quedé sentado en aquel suelo frío intentando hacerme a la nueva realidad, al nuevo mundo en el que me tocaba vivir.

Un mundo en el que Amanda Black, mi mejor amiga, ya no estaba.

Intenté hacerme a la idea y fui incapaz, intenté imaginar el momento en el que tendría que decírselo a Esme y la puñalada que sentí en el pecho me impidió respirar.

No.

No podía ser cierto.

Amanda no podía estar muerta.

¡¡¡ERA MENTIRA!!!

¡¡¡TENÍA QUE SERLO!!!

Me levanté del suelo todavía cegado por las lágrimas, sacudido por el llanto. Con pasos inseguros y temblorosos, me dirigí a las escaleras que llevaban hasta el taller. No quería pasar por la cocina donde se encontraban los adultos para coger el ascensor. En esos momentos no quería consuelo, necesitaba estar solo.

Me enfadé con Amanda.

¿Cómo podía haber aceptado esa maldita misión? ¡Los Black trabajan sólo con su propio equipo! ¡No trabajan para otros!

¿Cómo podía haber sido tan tonta?

¿Cómo podía haber confiado en nadie de aquella manera?

Y lo peor de todo ¿Por qué no me había llamado cuando había decidido aceptar aquel trabajo?

Me enfadé conmigo mismo por no haber estado allí para impedirle aceptar la misión.

Me enfadé conmigo mismo simplemente por no haber estado con ella durante la misión.

¡Yo podría haberla ayudado!

¡Si yo hubiese estado con ella, tal vez ahora no estaría muerta!

¡Qué iba a hacer yo ahora sin mi amiga!

Todas aquellas emociones y pensamientos consiguieron enfadarme todavía más. Permití que la rabia me bañase, que se apoderase de mí.

Necesitaba sentir aquella furia que me invadía porque era la única manera de que la tristeza no me paralizase y me impidiese hacer lo que pensaba hacer.

No podía creer que estuviese muerta, era una superviviente y siempre lo había sido.

Y, desde luego, lo que no podía creer es que se hubiese estrellado ella sola, era la mejor piloto que conocía... Vale que no conocía a muchos pilotos, pero ella era muy buena... Sin contar con que los aviones de los Black no eran aviones normales... No, algo tenía que haber pasado, algo que aquel tal director Lennon no nos había contado y yo pensaba averiguar qué era.

Iba a descubrir la verdad costase lo que costase.

13

ERIC

Descendí los escalones en dirección al taller apoyándome en la barandilla de las escaleras. A pesar de intentar detener el llanto, las lágrimas no quisieron abandonarme. Cada pocos segundos, mi cuerpo se estremecía a causa de los sollozos. Apenas veía nada entre el manto de lágrimas que escapaba de mis ojos y resbalaba por mis mejillas para terminar suicidándose desde mi barbilla.

Me sentía vacío y solo.

Imágenes de todo lo que Amanda y yo habíamos compartido juntos continuaban invadiendo mi memoria, una vez y otra y otra más, consiguiendo que las lágrimas brotasen con mayor fuerza.

Frente a la puerta del taller, me detuve y exhalé todo el aire que tenía en los pulmones. Necesitaba tranquilizarme. Necesitaba mi cerebro al cien por cien para ponerlo a trabajar.

Me llevó varios minutos sosegarme. No entré en el taller hasta que no lo conseguí del todo.

Cuando penetré en aquel sanctasanctórum de los Black, había logrado controlar mis emociones lo suficiente para trazar un plan. ¡Qué fuerte! Me disponía a emprender una misión.

Yo solo.

Mi primera misión en solitario.

Tal vez la más importante de mi vida.

Me aproximé a los ordenadores y me senté frente a la pantalla más grande. Lo que iba a hacer me llevaría bastante tiempo, pero no pensaba levantarme de aquella silla hasta que no obtuviese lo que había ido a buscar: respuestas.

Amanda no podía haber muerto... Y menos de la manera que habían dicho que lo había hecho: cuando la misión ya estaba terminando. Conocía a mi amiga mejor que a nadie en el mundo y no pensaba tragarme eso.

Cargué en la pantalla los datos del reloj de Amanda y comencé a analizarlos.

PAULA Y BENSON

—¿Cuánto lleva ahí encerrado? —preguntó Paula frente a la puerta del taller.

—Desde que nos dieron la noticia... Tres días —replicó el mayordomo—. Le he estado llevando agua, té y sándwiches de pepino.

—¿De pepino?

—Por supuesto, señora Paula, ésta es una casa seria.

—¿Qué hace ahí dentro?

—Creo que está analizando todos los movimientos de la señorita Amanda desde que salió de casa... Por lo que he podido ver en las pantallas cuando le he llevado la comida.

—¿Ha dormido? —La voz de Paula estaba cargada de preocupación. Habían intentado hablar con el chico, pero él, sin separar los ojos de la pantalla, les había contestado que estaba trabajando y que lo dejasen terminar, que ya no le quedaba mucho.

Paula había llamado a la madre de Eric para explicarle lo sucedido y que el muchacho iba a pasar unos días con ellos. La madre había comprendido el dolor de su hijo y lo había aceptado. Eric estaba haciendo lo que necesitaba hacer para aceptar la muerte de su mejor amiga.

—No, que yo sepa. Tal vez alguna cabezada frente al ordenador.

—¿Ha comido?

Benson le mostró la bandeja a la tía Paula. Dos solitarios sándwiches de pepino con los bordes ya algo resecos descansaban sobre un delicado plato azul brillante con los cantos dorados.

Los dos adultos estaban pálidos y ojerosos, tampoco ellos parecían haber dormido mucho desde que recibieron la noticia del fallecimiento de Amanda. La tía de la joven lamentaba no haber insistido más para que no aceptase la misión, lamentaba no haberle prohibido que lo hiciese. La culpa y el llanto habían roído su sueño noche tras noche desgastando a la vez su ánimo y su habitual alegría y fortaleza. Benson, en cambio, sentía que había fracasado en su única labor: proteger a las dos últimas Black. Sólo tenía una misión, cuidar a la niña... Y había fallado. Con la muerte de Amanda, apenas unos años separaban a los Black de la completa extinción y, con ellos, el culto de Maat desaparecería para siempre dejando a la humanidad indefensa.

Su fracaso iba más allá de lo imaginable.

Y a todo ello tenían que sumar la preocupación que ambos sentían por Eric, quien, encerrado en el taller, no había querido hablar con nadie. Sólo había trabajado, trabajado y trabajado, intentando encontrar fisuras en la historia que les había contado el director Lennon a la que, todo sea dicho, el muchacho tampoco había prestado mucha atención. Desconocían qué hacía allí dentro, pero entendían que, fuese lo que fuese, necesitaba hacerlo para poder aceptar la pérdida de su amiga.

—El té y el agua sí se los ha bebido —señaló Benson—. Necesita algo de tiempo, señora Paula, es muy difícil para él.

—Lo sé, lo sé, querido Benson —suspiró la mujer—, es muy difícil para todos, pero no puedo dejar de preocuparme por...

En ese momento se abrió la puerta que daba al taller de los Black interrumpiendo a Paula a mitad de frase. Eric emergió por ella. Había perdido peso, sus ojos estaban rodeados por dos oscuros círculos y su pelo... Bueno, parecía que el muchacho había celebrado una pelea de gatos en su cabeza; además, era obvio que necesitaba una ducha, a poder ser muy larga, con abundantes agua y jabón, pero nada de eso les importó ni a Paula ni a Benson, que lo único que sintieron fue muchísimo alivio, como cuando llevas mucho rato aguantándote y, por fin, consigues ir al baño.

El chico miró primero a la tía Paula; a continuación, su mirada revoloteó hasta Benson. Una sonrisa comenzó a dibujarse en sus labios, una sonrisa que le iluminó todo el semblante a pesar del cansancio, a pesar de la falta de alimento, a pesar del insomnio de los últimos días. Aquél era el rostro de una persona feliz.

Eric suspiró satisfecho y su sonrisa se hizo todavía más ancha antes de hablar, deleitándose en la expectación de los dos adultos, que continuaban observándolo sin atreverse a abrir la boca, pendientes de lo que él tuviese que decir, porque estaba claro que el muchacho tenía algo que decir. Por fin, se llenó los pulmones de aire y soltó la bomba que había estado guardando en su interior.

—No os lo vais a creer, pero... Amanda no está muerta.

14

ERIC

—¿Cómo? —la tía Paula se aproximó a mí llevándose las manos al pecho—. ¿Es eso verdad? ¿Cómo lo has descubierto?

Escupía preguntas a la velocidad de una ametralladora, mientras tanto, Benson sonreía con escepticismo y sacudía la cabeza, incrédulo.

—¡Qué fuerte! ¡Os dije que no lo ibais a creer! —comenté dándome la vuelta y dirigiéndome otra vez a la zona de ordenadores del taller—. Acompañadme, por favor.

Me senté de nuevo frente a la pantalla, tal y como había hecho tres días atrás, cuando me dieron la noticia de que mi mejor amiga había muerto.

—El señorito Eric comerá algo ahora, imagino —afirmó Benson todavía sin entrar en el taller.

—Me encantaría uno de esos bocadillitos de pepino que me has estado trayendo... —confesé algo avergonzado.

El mayordomo había estado ofreciéndome comida durante todos los días que había pasado encerrado en el sótano de la Mansión Black y yo había estado rechazándola... Tres veces al día entraba en el taller con una bandeja con bocadillos, té y agua y todas las veces se llevaba la bandeja anterior con los sándwiches intactos... Yo había perdido el apetito a la vez que había perdido a Amanda... Hasta ese momento, cuando había confirmado mis sospechas. Ahora que sabía que mi amiga continuaba con vida, me había entrado un hambre voraz. Podría haberme comido un mamut entero sin pestañear y quedarme todavía con hambre.

—Ya imaginaba —replicó Benson con una mueca—. Por favor, espérenme aquí antes de comenzar, estoy deseando saber cómo ha llegado a esa conclusión, señorito Eric.

Aguardamos en el taller a que Benson regresase. La tía Paula no separaba los ojos de las pantallas, donde yo había dejado fijas las imágenes que me interesaban. Una chispa casi alegre, optimista, lucía en las miradas de ambos adultos y yo estaba deseando contarles lo que había descubierto.

—¿Qué es esto? —preguntó la mujer señalando dos puntos rojos en una imagen estática.

—Tenemos que esperar a Benson. Os lo explicaré todo.

Paula resopló intranquila. Cuando recuperas la esperanza tras sentir que lo has perdido todo, la paciencia no es una virtud que pueda contarse entre las prioritarias.

—¿Estás seguro de lo que has dicho? Si es así, tenemos que ir a por ella...

—Todo va a ir bien —la interrumpí dándole unas palmadas en la mano que apoyaba en la mesa—. En serio, confía en mí.

Benson regresó con otra bandeja llena de sándwiches de pepino, agua y té para los tres. También había añadido un pedazo de tarta de manzana tan grande como mi cabeza y una hamburguesa del tamaño de un sombrero.

—Le traigo algo más que los bocadillitos, señorito Eric, estoy seguro de que no sobrará nada —comentó el mayordomo posando la bandeja con la comida junto a mí. Sirvió el té para los tres y le pasó una de las tazas a la tía Paula.

—¡Qué fuerte! ¿Cómo has podido cargar con todo eso hasta aquí? —pregunté con los ojos muy abiertos.

—Oh, lo he bajado por el montaplatos y lo he cogido ahí mismo —replicó señalando una pequeña puerta plateada junto al ascensor.

—¡Bueno, ya está bien! —se quejó Paula—. Dinos lo que sepas de Amanda, por favor.

—Sí, sí, sí, sí, perdón, perdón —me disculpé con la boca llena de hamburguesa. Tragué el bocado sin apenas masticar y comencé mi explicación—. Empecé analizando los movimientos de Amanda gracias al reloj y a la cámara de su traje... También me metí en el sistema del castillo de Mordvražda, que, por cierto, en nuestro idioma sería el castillo de la muerte-muerte, más o menos... No tiene ningún sentido... Bueno,

¡qué fuerte! ¡Que me despisto! —reí de manera bobalicona—. A lo que íbamos... Me llevó demasiado tiempo y no descubrí nada fuera de lo normal. Ni en las grabaciones del castillo ni en las de Amanda. Entró en la fortaleza, bajó al sótano, robó la vara, dejó fuera de combate a dos tipos y salió de allí del mismo modo que había entrado: escalando la muralla.

—Eso ya lo sabíamos —resopló Paula.

—Ya, ya... Pero me has pedido que te diga lo que sé...

—De acuerdo, tienes razón, continúa —se impacientó la mujer.

—Muy bien, una vez que se subió al avión, la información del reloj no me sirvió de mucho más... Y menos la de la cámara, que sólo mostraba el panel de mando...Y la apagó poco después de despegar. No contaba con que le sucediese nada en aquel trayecto tan rutinario... Tan sólo sé que sus constantes vitales desaparecieron tras unas horas de vuelo... Pero, PERO —remarqué mucho esa palabra—, eso podía ser por dos motivos; primero, que, efectivamente, Amanda hubiese muerto, cosa que ni siquiera me planteé; y el segundo es que Amanda se hubiese quitado el reloj y lo hubiese apagado... Pero ¿por qué iba a hacer eso?

—Sí, ¿por qué iba a hacerlo? La señorita Amanda sabe que ese reloj puede salvarle la vida en caso de tener un accidente —dijo el mayordomo.

—Elemental, mi querido Benson —dije sintiéndome un poco como Sherlock Holmes, siempre había querido decir esa frase a pesar de que sabía que el detective británico no la había pronunciado nunca—. Además... Y esto es muy fuerte... Aunque hubiese muerto, el reloj habría continuado enviándonos la posición de Amanda, pero no es así... ¡Su rastro desaparece por completo!

—Eso podría ser porque el reloj hubiese quedado destrozado en el accidente... —susurró la tía Paula comenzando a perder la esperanza que había recuperado tan pocos minutos antes.

—No, no, espera, deja que continúe —me apresuré a interrumpirla—. Sí, tienes toda la razón, Paula, eso podría ser porque en el accidente quedase destrozado... PERO, de nuevo, no me gustó mucho trabajar con esa teoría, así que comencé a investigar otra: que Amanda nunca se hubiese quitado el reloj, si no que se lo hubiesen quitado.

La tía de Amanda se enderezó en su silla y fijó toda su atención en mí.

—Sigue —pidió la mujer con gesto serio. Su mirada se desvió a la pantalla en la que los dos puntos rojos continuaban fijos. Comenzaba a entender a dónde quería ir yo.

—Lo siguiente que hice fue repasar todos los datos del vuelo, desde que había salido de aquí hasta que nuestro ordenador perdió contacto con el suyo... Y, cuando digo todo,

es todo: ruta, velocidad del viento, altitud, radar, todo, TODO... Al analizar los datos del radar del avión, me di cuenta de algo... Poco antes de desaparecer, algo se aproximó a la aeronave de Amanda —señalé la pantalla en la que los dos puntos rojos continuaban congelados en el tiempo—. Mirad la pantalla y no separéis la vista de ella... A mí me costó muchísimo verlo —pulsé un par de teclas, la primera retrocedió la grabación de la imagen del radar diez segundos, la segunda comenzó a reproducirla—. Ahora... Tres, dos, uno... ¡Ahí! ¿Lo habéis visto?

—No... No he visto nada —dijo Paula juntando las cejas y mirando con gesto concentrado a la pantalla que yo señalaba.

Me volví hacia Benson. El mayordomo tenía el rostro muy serio, las comisuras de la boca curvadas hacia abajo, las aletas de su nariz se hinchaban y deshinchaban al ritmo de su respiración. Parecía enfadado.

—Yo sí, señorito Eric. Lo he visto... No me lo puedo creer... —dijo con voz ronca y grave, conteniendo la furia.

—Voy a pasar la grabación muy despacio, Paula —retrocedí la imagen de nuevo y fui avanzando muy lentamente con la ayuda de una rueda—. Aquí está el avión de Amanda solo, avanzo un segundo, mira cómo se va desplazando el punto rojo de su avión, un segundo más, otro... ¡Ahí lo tienes!

Detuve la imagen en el momento en el que otro punto rojo se acercaba desde un lateral al avión de mi amiga.

—No puede ser cierto. —Paula se llevó una mano al pecho—. ¿Cómo no lo hemos visto antes?

—Porque dimos por bueno lo que nos dijo ese hombre, señora Paula —replicó Benson.

—Sí, pero ¿quién la tiene? ¿Dónde la han llevado? ¿Por qué?

—Creo que puedo responder, por lo menos, a la primera de esas preguntas. —Tecleé algo más en el ordenador y los puntos rojos cambiaron a una imagen de satélite—. Ese avión que intercepta a Amanda tiene que ser algún tipo de avión espía, capaz de burlar los radares... Pero no puede engañar a los satélites. Mirad, ésta es la aeronave de Amanda cuando despega del aeródromo. —Avancé las imágenes hasta llegar al momento que me interesaba—. Y aquí tenemos el avión en pleno vuelo... Y... ¡Ahora! —Detuve la imagen de nuevo. En ella se veía el avión de los Black desde arriba, junto a él se veía otro, también negro, con un diseño extraño, bastante parecido al de Amanda. Poco después, ambas aeronaves volaban en paralelo. Acerqué la imagen satélite con una rueda de la consola en la que estábamos sentados. A partir de ahí, dos personas entraban en el primer avión y regresaban un minuto más tarde al suyo, pero esta vez, portando un paquete. Había sido una maniobra profesional, limpia, rápida. Pasados unos minutos, la aeronave de los Black había explotado en el aire.

—No había ningún cuerpo que recuperar porque no había habido ningún accidente... Fue un sabotaje... Y, por tanto, no había ningún cadáver —dije—. Molrovia no tiene aviones espía... Ha tenido que ser la organización secreta esa... Ellos tienen a Amanda... Sus motivos los desconozco, pero tienen que ser ellos, nadie más sabía que Amanda estaría allí —concluí.

—Creo que tiene razón —dijo Benson.

—Y yo creo que se han metido con la gente equivocada —zanjó la tía Paula.

Una sonrisa ladeada se extendió por mi rostro y me dispuse a contarles la siguiente parte de mi plan.

15

AMANDA

Tres días antes

Despegué del aeródromo y programé la ruta en el ordenador de a bordo. Si Eric hubiese viajado conmigo, no lo habría hecho, se ponía muy nervioso si yo no estaba pendiente de los mandos de la aeronave. A mí tampoco me gustaba, ya que prefería evitar accidentes cuando viajaba con él, pero esta vez, él no estaba.

Pensaba tirarme durmiendo todo el vuelo de regreso a casa.

Pensaba.

Más o menos una hora después de partir, recibí un mensaje del director Lennon. Un equipo de la Organización estaba en camino para asegurar la vara de la völva. Volarían junto a mí. Yo tendría que abrir la compuerta lateral de mi aeronave para franquearles el paso a dos miembros de su equipo que recogerían el bastón y, una vez de vuelta en su propia aeronave, lo llevarían al complejo donde tenían su base.

Me pareció una maniobra arriesgada, sobre todo teniendo en cuenta que esa vara estaba mucho más segura conmigo que con ninguna otra persona. Al fin y al cabo, yo tenía los dones Black que me otorgaban una fuerza y una velocidad sobrehumanas... Sin contar con el entrenamiento, el cual había servido para potenciar —todavía más— mis habilidades; no obstante, Lennon me parecía un tipo competente y sus motivos tendría. Yo, a aquellas alturas, sólo quería terminar con aquel trabajo de una vez, descansar y arreglar las cosas con mis amigos. Había echado mucho de menos a Eric durante toda la misión y saber que estaría esperándome en casa me había llenado de ilusión. Tenía muchas ganas de hablar con él, de darle el abrazo más fuerte del mundo, hasta que casi no pudiese respirar.

No me di cuenta de que el avión de la Organización había llegado hasta que no estuvo casi encima del mío. Me dirigí al lateral, abrí la compuerta y dos hombres entraron haciendo uso de unos extraños ganchos que aseguraron en los laterales de la abertura.

Me volví para alcanzar la vara, que todavía estaba en la parte trasera de mi motocicleta, y entonces lo sentí.

Un dolor punzante en el cuello. Como la picadura de una avispa.

El dolor se extendió al brazo y al pecho y desde ahí, al resto de mi cuerpo.

Caí al suelo con un golpe seco, como un fardo, y todavía pude ver a esos hombres —o por lo menos sus pies— acercándose más y más a mí.

Después, todo se volvió negro.

16

ERIC

Si el reloj de Amanda no había sido destruido, todavía tenía una posibilidad de descubrir dónde estaba. El sistema contaba con una puerta trasera, yo podía conectarlo en remoto, desde el ordenador de la Mansión Black, para localizar su posición... Y confiar en que mi amiga y el reloj se encontrasen en el mismo lugar, claro.

—Ah, un plan muy inteligente —comentó la tía Paula mirando por encima de mi hombro y entendiendo lo que me disponía a hacer—. Ahora sólo falta que no hayan destrozado el reloj y que esté en el mismo sitio que mi sobrina...

—Ya, ya lo sé —resoplé—, pero es lo único que se me ha ocurrido para encontrarla... Te recuerdo que todo este plan lo he hecho en los últimos tres días... Y primero tenía que averiguar si Amanda continuaba con vida.

Paula arrugó el rostro.

—Lo siento, tienes razón, Eric. Todavía estoy muy enfadada con todo lo sucedido... Y desde luego que no es culpa tuya. Al contrario, eres el único que no se ha rendido.

Asentí con una sonrisa mientras esperaba que el ordenador conectase con el reloj de mi amiga.

—¡Qué fuerte! —exclamé— ¡Ya está! ¡Lo hemos encendido en remoto!

—¡Bien! ¡Los tenemos! —se emocionó Paula lanzando un puño al aire.

Poco después recibimos las coordenadas del lugar en el que se encontraba el reloj. Esperábamos que no muy lejos de él estuviese Amanda.

—Esto está a las afueras de la ciudad... A unos treinta kilómetros de aquí.

—¿Qué hay en esa zona?

Volví a teclear.

—Árboles. Bosque. Parece un punto en el centro del bosque. No hay carreteras de acceso ni caminos... Nada. De hecho, según todos los mapas, ahí no tendría que haber absolutamente nada... Es como si retuviesen a Amanda en medio de... nada.

—Tal vez han abandonado allí su reloj —sugirió la tía Paula.

—Espero que no...

—Pongámonos en marcha, cuanto antes lleguemos allí, antes recuperaremos a mi sobrina.

Llegamos al lugar de las coordenadas cuando la noche ya había cubierto la ciudad con su manta y todo el mundo se preparaba para dormir con comodidad en sus camas. Habíamos esperado a que cayese la noche antes de ponernos en marcha porque contábamos con pocas ventajas. Una era ésa, la oscuridad; la otra, la sorpresa, si bien la tía Paula había afirmado mientras preparábamos el equipo que era muy posible que esa gente estuviese esperándonos, más que nada, porque parecían conocer muy bien cómo trabajaban los Black... Y, por tanto, había que deducir que también me conocían a mí y cómo trabajaba yo. Resumiendo, contábamos con la ventaja de la oscuridad y ya. Eso era todo. No era mucho, pero era lo que teníamos.

—¿Qué hacemos aquí? ¿Por qué no entramos de una vez? —preguntó la tía Paula.

Estábamos tumbados sobre nuestras tripas, entre unos arbustos en la linde de los árboles, a cubierto entre el verdor. A escasa distancia de nosotros, había un complejo que, según la información que habíamos consultado, no estaba ahí, no existía. No obstante, allí se encontraba, frente a nuestros ojos. Bastante sólido y real como para no existir.

Ambos llevábamos monos hechos con la tela Black, invención de Benson, botas militares, chalecos antibalas y casco. Tumbado sobre aquel suelo, el chaleco se me clavaba en las costillas. Era bastante más pesado de lo que me imaginaba; no obstante, agradecía llevarlo, me sentía mucho más seguro con él protegiendo mis órganos internos más delicados.

A nuestra espalda, se extendía el bosque, con kilómetros y kilómetros de árboles.

—Paciencia, ya tienen que estar casi al llegar —repliqué mirando por los binoculares adheridos a mi casco. Tenían visión nocturna, por lo que yo lo veía todo tintado con una fantasmagórica luz verdosa.

El complejo se encontraba en una hondonada. Todo el perímetro del lugar estaba rodeado por una valla de hormigón coronada por unos cables de alambre grueso y unos pinchos que tenía toda la pinta de estar electrificado. Aquella no era una opción viable... Y eso sin contar con que me veía incapaz de trepar por aquella valla.

Yo no era Amanda.

No.

Tenía otra idea en mente, pero para ello había que esperar.

No podían tardar ya mucho.

—¿Quién tiene que estar al llegar? —Paula había bajado sus binoculares y me miraba fijamente. En su cabello había algunas acículas, las típicas hojas de pino en forma de aguja. Todo el mundo creía que se llamaba pinocha, pero el nombre real era acícula. La pinocha era la acumulación de acículas secas en el suelo de los pinares.

—Los molrovios —repliqué sin inmutarme.

—¡¿QUÉ?!

BORN
TO
CODE

—Shhhhhh... ¡Van a oírnos! —Había llegado la hora de explicarle mi plan completo a Paula—. Cuando me introduje en sus ordenadores, les dejé una pista, una señal que, con los conocimientos necesarios, conseguiría traerlos hasta nosotros haciéndoles creer, a la vez, que nos habían pillado... Como si nos hubiésemos equivocado... Y, al parecer, tenían a alguien con esos conocimientos, ya que enseguida picaron el anzuelo... Por supuesto, he tenido que marearles un poco, no fuese a ser que nos encontrasen antes de que diésemos con el paradero de Amanda... Como te digo, el engaño funcionó y se encuentran de camino... Cuando llegamos aquí, hice desaparecer la señal, de lo contrario les hubiese traído hasta donde estamos y no es lo que queremos.

—Es una locura... —musitó la mujer—. Pero tal vez funcione.

—Cuando lleguen, se formará un buen jaleo... Eso espero —expliqué entre susurros—. No creo que intenten pasar desapercibidos. Aprovecharemos para colarnos en el complejo utilizándolos como distracción. Iremos a la sala de control y averiguaremos dónde está Amanda, después tú te quedarás ahí, necesitaré que me guíes por los pasillos y me digas las zonas que están despejadas, para eso debes tener acceso a las cámaras de vigilancia. Yo iré a por ella y, cuando la tenga, nos largaremos.

—Hay demasiadas cosas que pueden salir mal...

—Lo sé, pero es el único plan que tenemos.

Un estruendo nos sacó de la conversación de manera abrupta.

Habían llegado los molrovios.

17

ERIC

Una explosión dejó devastada la entrada al complejo. Acto seguido vimos como varios escuadrones penetraban por aquel agujero de bordes irregulares que antes había sido una puerta, y segundos después escuchamos en el interior el martilleo rítmico de las ametralladoras.

Los molrovios habían comenzado la fiesta.

—Yo creo que deberíamos ir entrando —dijo Paula con tono flemático—. No sé cuánto durará esta distracción, vamos a aprovecharla porque no tendremos más oportunidades. Sígueme y no te separes de mí.

No pensaba hacerlo.

Ella era una Black; mayor, sí, pero Black. No podía olvidar que poseía los mismos dones que poseía Amanda. Estaba mucho más preparada que yo para lo que íbamos a hacer.

Yo temblaba sin poder controlarme, asustado hasta la médula, pero estaba decidido. No pensaba marcharme de allí sin mi amiga.

Corrimos hasta la entrada y nos apostamos uno a cada lado. Con un vistazo rápido, Paula se asomó al interior, confirmó que el camino estaba despejado y me hizo una señal.

Entramos en el complejo por un largo pasillo blanco iluminado por luces asépticas, como de hospital. A los lados de aquel corredor, puertas y cristaleras oscuras daban paso a otras salas de las que no sabíamos la función.

Ajá... Buscar la sala de control iba a llevarnos más de lo que había pensado.

Abrí despacio la primera puerta que encontré, me asomé al interior, vi lo que necesitaba y con una seña silenciosa le dije a la mujer que me siguiese. Paula obedeció con un encogimiento de hombros.

Cerré la puerta a nuestra espalda.

—¿Qué sucede? —preguntó impaciente.

—Mira, hay demasiadas puertas y no tenemos ni idea de cuántas plantas tiene este complejo... —expliqué—. Voy a ver si encuentro un mapa del lugar.

Paula miró a su alrededor.

—¿Aquí? —se extrañó—. No hay nada en las paredes.

—No, ahí —señalé con la cabeza en dirección a uno de los ordenadores que había en aquella sala. Había varias filas de cubículos, cada uno de ellos con un ordenador—. Busca en las mesas, en las agendas, seguro que alguno de los empleados tiene mala cabeza y ha apuntado la contraseña...

—¿Y si todos tienen buena memoria? —interrumpió Paula.

—Bueno, en ese caso, tendré que hacer mi magia —repliqué con una sonrisa pícara.

Los ordenadores eran mi mundo, sabía qué hacer en ese caso, pero no estaba mal intentar coger un atajo que podría ahorrarnos mucho tiempo.

Paula rio y se puso manos a la obra.

Poco después, obtuvimos nuestra más que merecida recompensa.

—¡Aquí! —llamó desde uno de los puestos.

Me acerqué corriendo y vi que, pegado dentro de un cajón, había un pequeño papel con una clave que dejaba bastante que desear: «PiPo4784».

Me apostaba todo lo que tenía a que Pipo era el nombre del perro del usuario de aquel cubículo.

Encendí el ordenador e introduje la clave.

La pantalla se iluminó mostrando varias carpetas e iconos. Escudriñé entre los archivos hasta que di con lo que estaba buscando: el manual de bienvenida a los nuevos empleados. Un sencillo archivo PDF que me iba a proporcionar la información que necesitaba.

Todas las empresas facilitaban uno de esos manuales a todos los nuevos empleados. En él se solían incluir las normas de la compañía, políticas, procedimientos administrativos... y, lo mejor, datos de contacto y mapas de las oficinas cuando éstas eran muy amplias, ¿que por qué lo sabía? Mi madre había cambiado un par de veces de trabajo y la había visto estudiar aquellos manuales con ahínco. Y que aquélla fuese una organización secreta no la hacía muy distinta al resto de empresas en ese aspecto.

Abrí el índice, lo leí a toda velocidad y encontré la página que buscaba.

El mapa.

Lo imprimí.

En la otra punta de la estancia escuché el sonido de la impresora, me acerqué hasta ella y me hice con el papel.

Paula me había seguido y miraba el plano por encima de mi hombro.

—No creo que eso muestre las áreas que buscamos... —comentó.

—Ya, por eso ahora vamos a ir a un ascensor y a ver qué pisos no están incluidos en este mapa... Ésos son los pisos que nos interesan... Y algo me dice que están en el sótano.

Nada más abrir el archivo, me había dado cuenta de que no indicaba que hubiese plantas en el subsuelo del edificio y, puede que hubiese visto muchas películas, pero cuando alguien intenta esconder algo, suele hacerlo precisamente ahí, en el lugar en el que es más difícil que alguien lo robe por la sencilla razón de que tan sólo hay un medio de entrar... Y de salir, claro.

Paula asintió con aprobación.

—Vales tu peso en oro, Eric.

—Tampoco ganaría mucho —dije distraído—. Si te estás planteando darme mi peso en oro, avísame antes, que me dé tiempo a engordar un par de kilos... O veinte.

Salimos de la habitación y avanzamos sigilosos. Todavía se podían escuchar a lo lejos disparos sueltos, cada vez más distantes, según los molrovios iban adentrándose en el complejo de la Organización.

Al girar una esquina, encontramos la zona de ascensores. Llamé a uno y esperamos escondidos a que bajase y sus puertas se abriesen. Cuando comprobamos que no había peligro, nos acercamos y miramos los botones.

Los comparé con el mapa.

—Tiene que haber más ascensores —dije con tozudez. Sabía que no me equivocaba.

Salí y llamé a todos.

Cuando bajaron, comprobé uno por uno sus pisos. Todos coincidían con el mapa que tenía.

—Sigamos buscando. Lo lógico es que haya sólo un ascensor que dé acceso a esos sótanos.

Por fin, tras varios giros y quiebros por aquel corredor blanco inmaculado, dimos con otro ascensor. Se escondía tras una puerta, bastante alejado de la entrada al complejo.

Lo llamé y sus puertas se abrieron frente a nosotros.

Entré en él.

—Ahí lo tienes, estos tres pisos no están marcados en este plano —golpeaba el papel con mi dedo índice—. Hay tres sótanos que no aparecen aquí.

—Hace falta una clave para acceder a ellos... —Paula tenía razón, junto al cuadro de mandos del ascensor había un panel de marcación.

Había llegado el momento de hacer mi magia.

Saqué mi dispositivo y lo acerqué al panel. Una luz escaneó el panel y en mi pantalla aparecieron los cuatro números en cuyas teclas había mayores niveles de grasa. Vale, ésos eran los que se pulsaban cuando alguien quería acceder a los sótanos. Conocía aquel tipo de paneles y tenían claves de cuatro números, por lo que sabía que si había cuatro teclas con niveles similares de grasa —nuestros dedos tienen grasa por mucho que nos lavemos las manos—, la clave que habían utilizado no repetía ningún dígito, lo que reducía el número de claves que tendríamos que considerar.

—Vamos a necesitar un par de minutos, vigila la puerta —pedí a Paula.

Tenía que marcar todas las claves posibles para dar con la que nos daría acceso a esas plantas, el problema era que tal vez el sistema tuviese algún tipo de bloqueo de seguridad si me equivocaba un determinado número de veces, solían ser tres veces. Miré el panel y la situación en el ascensor con ojo crítico.

Me arriesgué, tal y como estaba situado aquel panel, era muy sencillo apoyarte en él y marcar un puñado de teclas por error... Seguramente había ocurrido en más de una ocasión y, seguramente, los de seguridad, hartos de falsas alarmas, habían desconectado el sistema de bloqueo... Y si no lo habían hecho... Bueno, ya buscaríamos una solución a ese problema cuando se presentase... Si es que se presentaba.

Comencé a marcar las permutaciones de cuatro números en el panel. He de reconocer que, al marcar la tercera, mis dedos temblaban un poco y una gota de sudor arrancó una carrera en solitario desde mi frente. Me la enjugué con la manga y tecleé las cuatro cifras.

La palabra «ERROR» brilló en el panel en caracteres rojos.

Vale, eso ya me lo esperaba.

Esperé unos segundos.

La pantalla se apagó y poco después apareció, en verde, el mensaje:

«INTRODUZCA LA CLAVE».

No se había bloqueado.

No me llevó mucho, cuando iba más o menos por la mitad de las veinticuatro opciones posibles, di con la correcta.

—Paula, ya está —avisé en voz baja. Ella entró en el ascensor y pulsé el botón del primer sótano.

Descendimos en silencio, ocultándonos cada uno a un lado de las puertas ya que no sabíamos qué habría al otro extremo cuando se abriesen.

Por fin, el ascensor llegó a su destino.

Las puertas comenzaron a deslizarse hacia los lados.

18

ERIC

Nos encontrábamos en un pasillo blanco, como el del piso superior, una franja azul recorría toda la parte baja de los muros a ambos lados del corredor. Apenas estaba iluminado cada tres metros por unos focos amarillentos situados en la parte alta de los muros, como luces de emergencia. El pasillo parecía vacío, desierto. Los molrovios —y sus armas— todavía no habían llegado hasta aquí, pero los vigilantes del complejo debían de haber corrido a la planta baja para defenderse del ataque.

Había puertas a los dos lados de aquel pasillo, blancas como las paredes, lisas, sin carteles que indicasen qué había tras ellas.

Tendríamos que abrirlas todas para dar con la sala de control.

Fui a salir del ascensor y Paula, todavía en silencio, levantó su mano para detenerme. A continuación, señaló a un lado y hacia arriba. Me asomé y vi lo que me quería decir: una cámara de vigilancia.

Había dos cosas que podíamos hacer: por un lado, sacar mi dispositivo y entrar en el circuito de cámaras —lo que me llevaría tiempo—, descargar una grabación en la que sólo se viese el pasillo y la puerta del ascensor cerrada durante un minuto y volver a subirla, pero esta vez en bucle; o bien, arriesgarnos y seguir adelante confiando en que los vigilantes estuviesen demasiado ocupados con los molrovios y no nos viesen.

Siendo lógicos, estábamos entrando de noche en un complejo secreto que estaba siendo atacado por soldados armados de un país extranjero, ¿qué probabilidades había de que alguien se preocupase de mirar las cámaras de una zona de difícil acceso del edificio en aquel mismo momento?

Bajas. Las probabilidades eran tirando a bajas.

Lo más probable era que, si quedaba alguien vigilando aquel circuito de cámaras, tuviese sus ojos fijos en lo que estaba sucediendo un piso por encima de nosotros. Así que, de nuevo, aposté por la opción más arriesgada.

No me reconocía a mí mismo.

Me encogí de hombros y Paula asintió divertida. Entendió el mensaje a la primera: «Es lo que hay».

Corrimos por aquel pasillo abriendo todas las puertas que pudimos. La mayoría parecían despachos, sencillos pero cómodos, con mesas de metal y sillones negros, archivadores, ordenadores... Nada especial, nada que nos sirviese para dar con la sala de control. También dimos con un par de salas de reuniones amplias y con mesas de madera oscura. Tampoco eso nos ayudó a dar con la sala que buscábamos.

Doblamos la primera esquina y, al fondo de aquel nuevo corredor, vimos una puerta de metal, una bastante prometedora.

Nos acercamos a toda velocidad parando sólo en las bifurcaciones que salían de aquel corredor. Cuando llegamos a la puerta, otro panel nos impidió continuar avanzando.

—¿Puedes abrirla? —preguntó Paula.

—La duda ofende —repliqué sacando un destornillador y comenzando a girar los tornillos que lo mantenían fijado a la pared.

Dejé la tapa en el suelo y saqué de mi bolsillo unos cables que conecté, por un lado, a las tripas de aquel panel y, por el otro, a mi dispositivo.

Tecleé unos comandos.

—Espera, antes de abrir —Paula posó su mano sobre la mía impidiéndome que continuase tecleando—, escúchame, no vas a entrar ahí. Entraré yo sola, tú te quedas aquí y ni se te ocurra asomarte... Es demasiado peligroso.

Asentí. No me parecía bien, pero tampoco era el momento de ponerse a discutir. Miré a la mujer y ella asintió de vuelta. Estaba lista para entrar en acción. Pulsé la tecla que ponía «ENTER» y las puertas se abrieron.

Paula entró en la sala dando una voltereta, esquivando los disparos con los que los ocupantes le dieron la bienvenida. Yo pegué la espalda a la pared y la perdí de vista.

Escuché golpes secos, golpes metálicos, sonido de cristales rompiéndose, algún quejido que no me pareció de Paula, un juramento, varios golpes secos más y después, silencio.

—Ya puedes entrar —la voz de Paula me llamó desde el interior.

Me asomé todavía un poco temeroso y la vi inclinada sobre uno de los ordenadores centrales. Un rizo se había escapado de su moño y soplaba intentando retirárselo de delante de los ojos.

La sala era circular, con cientos de pantallas en las paredes curvas. En el centro, también en círculo, había varias consolas de ordenadores de aspecto complejo y algo anticuado, también con pantallas. Una de ellas estaba rota, sus pedazos yacían en el suelo, junto a un hombre de aspecto robusto. Desperdigadas por la sala, había otras cinco personas desmayadas. Desde luego Paula era una Black... Y a juzgar por el aspecto de aquella estancia, continuaba estando en plena forma.

Los miré.

—No están muertos, no te preocupes —dijo Paula—, sólo han perdido el sentido. Quítales las armas a todos, por favor.

—Obedecí y cogí con mucho cuidado las pistolas y subfusiles de aspecto vanguardista que había tirados por ahí. Nunca había visto armas así. Las dejé en la mesa, junto a Paula. La mujer me tendió unas bridas que sacó de uno de sus bolsillos—. Átales las manos a la espalda... y los pies, no queremos sorpresas.

Terminé de atar a los empleados de la Organización y me acerqué a Paula, que seguía frente al ordenador. Me fijé en el teclado, donde destacaban varias manchas de sangre. Al principio pensé que sería de quien hubiese estado sentado allí, pero en ese momento, una nueva gota cayó tiñendo de rojo la letra «s».

—¡Estás sangrando! —exclamé asustado. Había seguido, al revés, la trayectoria de aquella gota de sangre y me había dado cuenta de que sólo había podido caer desde el brazo de mi compañera.

—Ya, no te preocupes, no es nada... Esas malditas armas...

—¡¿TE HAN DADO?!

—Sí, en el brazo, pero de verdad, no te preocupes, tenemos que centrarnos en encontrar a Amanda... Ah, aquí debe de estar... —Paula señalaba una de las pantallas, en ella había una nueva sección de mapa, una que no aparecía en el del manual que ya teníamos en nuestro poder—. Toda esta zona parece formada por celdas de detención, esas puertas tienen todas cerrojos electrónicos... Puedo abrirlos desde aquí.

—Ya, pero no sabemos en cuál está Amanda... Y no me parece sensato abrirlas todas —comenté.

—No, no lo es. Tendremos que bajar.

—Tendré que bajar —repliqué—. Tú no vas a ningún sitio con esa herida... Y te necesito aquí para que abras la puerta una vez sepamos cuál es la correcta.

Esta vez fue ella la que no discutió.

Antes de irme, le hice un torniquete con el cinturón de uno de los hombres a los que ella había dejado fuera de combate. Comprobamos que los comunicadores que llevábamos puestos en el oído funcionasen bien y abandoné la sala.

Me adentré de nuevo en el pasillo, tenía que regresar al ascensor y bajar al tercer sótano. Caminé despacio, asomándome antes de girar cada esquina de aquel corredor.

Sentía miedo, por supuesto, era la primera vez que estaba completamente sólo en una misión. Yo no poseía los dones Black y, por lo que había visto, aquella gente apuntaba antes de disparar, el brazo de Paula así lo atestiguaba... ¡Y yo ni siquiera tenía un arma! Y... aunque la hubiese tenido, estoy seguro de que no hubiese podido utilizarla.

Doblé con cuidado la última esquina antes de llegar al ascensor.

Mis ojos se abrieron como platos.

Allí no estaba.

Lo habían llamado, lo que quería decir que, casi con total seguridad, alguien venía de camino.

19

ERIC

Corrí por el pasillo. Ya me traía sin cuidado hacer ruido o que me viesen, abría todas las puertas que encontraba, nada de asomarme de manera silenciosa, no, la abría de un tirón y metía la cabeza para ver qué había al otro lado. Necesitaba encontrar cuanto antes una forma de llegar al tercer sótano, donde creíamos que se encontraba Amanda prisionera.

Por fin di con unas escaleras, no había de subida, sólo de bajada, así que, aquellos tres sótanos sí estaban comunicados entre ellos, pero la única forma de llegar allí era con el ascensor... Interesante... Eso nos daba dos vías de escape a Amanda y a mí si las cosas se complicaban allí abajo.

Los escalones eran de cemento, muy poco iluminados por focos como los del pasillo. Me abalancé y, apenas pasando la mano por la barandilla de metal, los bajé de dos en dos... A punto estuve de tropezarme con mis propios pies en un par de ocasiones... Mi torpeza intentaba sabotearme, pero aquél no era el día.

Llegué a un descansillo en el que había una puerta de metal con un enorme S2 pintado en ella. Continué el descenso, adentrándome más y más en las entrañas de aquel complejo. Era enorme, cada planta debía de tener unos quinientos metros cuadrados por lo que había podido calcular al inspeccionar el primer sótano... Y posiblemente mucho más, ya que estaba seguro de que había habitaciones y despachos que no habíamos encontrado.

Por fin llegué al tercer sótano. Di un tirón a la puerta para abrirla.

No se movió.

Volví a tirar con todas mis fuerzas.

Nada.

Resoplé y dije un par de palabras que no debía decir... Paula me oyó.

—¡Eric! ¡Esa boca! —me regañó.

Me disculpé avergonzado mientras me llevaba las manos a la cara. Al hacerlo, subí la mirada y vi el marco de la puerta. Enseguida me di cuenta de lo que estaba sucediendo.

TENÍA QUE EMPUJARLA, NO TIRAR DE ELLA.

Empujé y la puerta se abrió sin dificultad.

De nuevo me encontraba en un corredor, pero éste era algo diferente. Estaba pintado de gris, el suelo era de cemento y la luz era todavía más mortecina que en el primer sótano. Apenas una lámpara de emergencia sobre las puertas que, en esta ocasión, estaban separadas por bastante distancia entre ellas.

Abrí la primera y encontré una estancia con dos puertas más a cada lado y otra en la pared del fondo. Se veían gruesas, muy sólidas y resistentes. En ellas había una pequeña ventana rectangular a la altura de los ojos. Llamé a Amanda a gritos.

Nadie respondió, todas aquellas celdas estaban vacías. Me asomé a varias de esas ventanas rectangulares y todas se encontraban desocupadas, parecía que mi amiga era la única huésped de aquella organización TAN secreta.

Salí de nuevo al pasillo y repetí la misma operación en cada una de las puertas que me encontré.

—¡AMANDA! —Mi voz se rompió en la última sílaba, ya me fallaba de tanto gritar llamándola.

Escuché, esperando una respuesta, casi con la esperanza perdida... Sólo quedaba una puerta más, una celda más; si no estaba allí, se nos acababan las oportunidades de encontrarla en aquel complejo.

Unos débiles golpes me contestaron desde una de las celdas más alejadas de la puerta.

Por fin, en una de las últimas habitaciones del último corredor que me faltaba por comprobar, di con mi amiga.

Me acerqué corriendo.

—¡Aquí! ¿Eric?

Miré por la ventana y encontré los ojos de Amanda.

Sonreían.

—Paula, la tengo —miré hacia arriba—. Celda 1305.

Un sonido metálico me indicó que Paula había desbloqueado el cierre que me separaba de mi mejor amiga.

La puerta se abrió sola. Una mancha negra salió a toda velocidad y se me arrojó al cuello.

—¡¡¡ERIC!!! —gritó Amanda riendo— ¡¡¡Has venido!!!

—Pues claro que he venido... Y ahora tenemos que largarnos. ¡Sígueme! —Me volví para regresar sobre mis pasos, pero Amanda tiró de mi brazo—. ¿Qué pasa? ¡Tenemos que salir de aquí a toda velocidad!

—Eric, tenemos que recuperar la vara de la völva —dijo ella tajante—. No podemos irnos sin ella.

La miré a los ojos.

Conocía aquella mirada.

No importaba lo que yo dijese, Amanda había tomado una decisión.

Sólo esperaba que no fuese la decisión equivocada.

20

AMANDA

—Eric, tenemos que recuperar la vara de la völva —dije.

No podíamos dejarla allí, era MUY peligrosa, tenía demasiado poder para que aquella organización la poseyese. No, no pensaba salir de aquel edificio sin la vara.

Vi la incredulidad darse un paseo por el rostro de Eric para, a continuación, permitir que la resignación se hiciese cargo de la situación.

Mi amigo sabía que no había nada que pudiese hacer, yo había decidido ir a por la vara y nada que pudiese decir podría hacerme cambiar de opinión. No pensaba irme sin ella.

—Paula, ya estoy con Amanda —informó mi amigo—, pero... Bueno, es que dice que no se va de aquí sin la vara...

—Dame eso, por favor —pedí señalando en dirección a su oreja. Mi amigo se tapó el oído con la mano y cabeceó de un lado a otro negándose a darme el comunicador. Resoplé con fastidio—. Vale, como quieras, pero dime qué dice.

Escuchó unos instantes y después me miró.

—Dice tu tía que sí, que tienes razón y que no podemos dejar la vara en poder de esta gente... Y menos después de hacerte lo que te han hecho, no son de fiar.

—¡Genial! —sonreí.

—Paula, ¿puedes decirnos dónde está? ¿A dónde tenemos que ir? —preguntó mi amigo. Volvió a quedarse en silencio mientras recibía la réplica de mi tía—. Ok. Gracias, Paula, márchate y cúrate esa herida, te vemos en casa... Ah, y oye, muchas gracias por confiar en mí.

No sé qué le contestó la tía Paula ni en qué había confiado en él, pero Eric sonrió con calidez ante su respuesta. Después se dirigió a mí.

—Tenemos que ir al segundo sótano, según tu tía, ahí se encuentran los laboratorios, lo más lógico es que la vara esté en ellos.

—Vale, ¿por dónde? —pregunté.

—Sígueme —ordenó él.

Corrimos por pasillos hasta una puerta de metal que Eric abrió de un tirón y salimos a un descansillo con unas escaleras de cemento con barandilla de acero que ascendían. Subimos por ella hasta otro descansillo, Eric empujó la puerta con el enorme S2 pintado en ella y ésta se abrió. Mi amigo dio un paso en el interior de aquella estancia y frenó en seco.

Yo entré tras él y me detuve a su lado.

Los dos nos habíamos quedado sin palabras, impresionados por el tamaño de aquel laboratorio.

Desde donde estábamos, no alcanzábamos a ver el otro extremo. Se trataba de un espacio inmenso, de techos altos recorridos por tubos y gruesos cables de distintos colores. No había paredes, excepto en unas salas situadas en los laterales de la enorme estancia, separadas del resto por unos vidrios gruesos con una capa de aire en el medio que tenían todo el aspecto de ser irrompibles. En el centro de aquel espacio, había ordenadores y, alrededor, distintas estaciones de trabajo con todo lo necesario para analizar lo que fuese que analizasen allí.

—¿Y cómo dices que es esa vara? —preguntó Eric con un resoplido—. Espero que sea grande, si no, nos va a llevar hasta mañana encontrarla aquí.

—Es bastante larga —comencé a explicar—, de metal negro y rugoso y su parte superior tiene forma de cabeza de cuervo...

—Vamos, un palo sobredimensionado —me interrumpió.

—Sí... En resumidas cuentas, es un palo negro y grande.

—Vale, vamos a dividirnos, yo busco por aquí y tú busca por las salas laterales —dijo señalando a las habitaciones con muros de vidrio.

Me alejé de él y comencé a recorrer las habitaciones, una por una. Registré todos los rincones. En algunas había extraños especímenes en unos tanques mucho más altos que yo rellenos de algún tipo de líquido de aspecto viscoso que emitía una tenue luz verde. Ni siquiera reconocí qué eran aquellos especímenes; en otras encontré pipetas, matrices, centrifugadoras, balanzas, frigoríficos y otros objetos que cualquiera esperaría encontrar en un laboratorio; y, en unas pocas, tan sólo había pizarras y mesas largas y blancas rodeadas de sillas igual de blancas.

Todas las estancias eran inmensas y me llevaba bastante tiempo examinarlas. Por el lado bueno podía decir que ninguna había estado cerrada, pero claro, soy Amanda Black y aquello no podía durar. Para mí las cosas nunca son TAN fáciles. Por fin llegué a una puerta con un panel junto a ella, se encontraba encastrado en el marco, que parecía de acero. Necesitaba una contraseña y no tenía ni idea de cuál podría ser.

—¡Eric! —llamé— ¿Puedes venir? ¡Necesito tu ayuda!

Mi amigo se acercó y antes de llegar a mi lado ya sabía por qué lo había llamado. Sacó su dispositivo y lo acercó al panel, una luz azulada escaneó las teclas.

—¡Porras! —masculló mi amigo—. Esto nos va a llevar mucho tiempo, hay que dar con la clave para entrar, ya que no tengo manera de desatornillar esto... —Rebuscó en los bolsillos de su mono y extrajo un sensor que conectó a su dispositivo—. El escáner no ha encontrado grasa... Supongo que porque aquí todo el mundo lleva guantes, así que tengo que encontrar una clave de cuatro números sin tener la más mínima pista... ¿Sabes cuántas hay?

Estaba segura de que aquélla era una pregunta trampa.

—¿Muchas? —dije con la duda rezumando por mi voz.

—Eso es un eufemismo... Hay diez mil, si contamos 0000. Si eliminamos ésa porque sería una clave estúpida, entonces hay nueve mil novecientas noventa y nueve claves posibles.

—No necesitáis la clave —afirmó una voz a nuestra espalda.

Nos giramos a la vez, Eric todavía sosteniendo su dispositivo en una de las manos.

El director Lennon se encontraba a pocos pasos de nuestra posición y continuaba aproximándose.

—Eric, huye, sal de aquí, yo le entretendré —murmuré en dirección a mi amigo.

—Oh, no, señorita Black, eso no será necesario. —El hombre levantó las manos pidiéndonos calma—. No he venido a haceros daño, he venido a ayudaros... A ayudarte, Amanda. Llévate esa vara de aquí y no mires atrás.

—¿Por qué la secuestraron? —escupió Eric dando un paso adelante—. ¿Qué querían de ella?

—No tenéis mucho tiempo —explicó Lennon—. Los molrovios todavía no han descubierto cómo llegar hasta aquí, pero no tardarán mucho en hacerlo. Tenéis que poner a salvo esa vara. Hablaremos más adelante. Os lo contaré todo, os lo prometo.

Llegó hasta donde estábamos Eric y yo y alzó la mano. Pensé que iba a golpearme, pero su brazo esquivó mi cabeza; yo lo seguí con la mirada.

Se detuvo ante el panel y sus dedos comenzaron a teclear en él. Un pitido acompañaba a cada pulsación en la pantalla.

La puerta se abrió con una especie de murmullo que yo ya había escuchado con anterioridad, cada vez que abría un frasco de mermelada envasada al vacío, sólo que esta vez sonó mucho más fuerte.

—La vara está ahí dentro, cogedla —nos indicó—. Intentaré proporcionaros algo de tiempo allí arriba.

—¿Y Paula? —preguntó Eric a mi lado—. ¿Está bien?

—No debes preocuparte por ella, esa mujer sabe bien lo que se hace. La vi salir hace un rato por la azotea.

Eric asintió entrecerrando los ojos.

—Daos prisa.

Después de esas dos palabras, Lennon echó a correr en dirección a la salida; antes de llegar, sacó dos pistolas que había escondidas bajo su chaqueta.

—No entiendo nada —comenté entrando a la sala que el director Lennon había abierto para nosotros.

—Ya lo has oído, cojamos la maldita vara y larguémonos —me apremió Eric.

En ese momento, escuchamos disparos.

21

AMANDA

La sala estaba a oscuras, si bien yo, con mis dones Black, podía ver lo suficiente para saber que en ella no había nadie. Con Eric pisándome los talones, palpé la pared a mi derecha nada más atravesar la puerta hasta que di con los interruptores. Pulsé varios al azar, deseando que alguno encendiese las luces. Yo esperaba el tintineo de los fluorescentes, pero, a cambio, recibí una iluminación potente por parte de unos leds que recorrían todo el perímetro de la estancia. Tenía que haberlo adivinado, aquel laboratorio era demasiado moderno como para tener fluorescentes.

Miré de nuevo la fila de interruptores y apreté unos cuantos más, también al azar, lo que consiguió dos cosas: que se pusiesen en funcionamiento también los leds del techo y que Eric se pusiese nervioso por el simple hecho de que yo estuviese toqueteando todo botón que mi mano encontraba en su camino.

En aquel laboratorio todo era blanco e impoluto.

La vara se encontraba en una especie de vitrina con el frontal de vidrio en el que destacaban dos agujeros de los que salían dos mangas de plástico.

—Eso es para manipular la vara sin llegar a tocarla —explicó Eric.

—Yo la toqué y no sucedió nada —comenté.

—Supongo que ellos no lo saben. —Mi amigo se encogió de hombros.

Eric abrió la vitrina por la parte superior, muy despacio, casi con reverencia, y yo introduje los brazos para sacarla de su ataúd de cristal.

Tan pronto como mis dedos rozaron el metal negro, vi un pasillo largo y blanco. Vi soldados disparando, vi al director Lennon respondiendo a esos disparos, vi balas volando y silbando a nuestro alrededor, vi como esos hombres se acercaban poco a poco, vi a Lennon caer, vi a Eric ser empujado por algo invisible hasta acabar boca arriba en el suelo, vi una rosa roja extenderse por el suelo desde su cuello, vi que sus ojos se volvían vidriosos y quedaban fijos en el techo, vi a mi mejor amigo morir.

—¡Amanda! ¡Amanda! —Eric me zarandeaba, sus ojos muy abiertos, asustados.

—¿Qué ha pasado? —pregunté confusa. No tenía ni idea de qué acababa de suceder—. ¿Qué ha sido eso? ¿Lo has visto?

—No, no he visto nada... —dijo Eric comenzando a tranquilizarse al ver que yo me encontraba bien—. Sólo sé que tus ojos se han puesto blancos y has comenzado a temblar... Ha sido muy extraño.

—He visto... —Dudé antes de continuar, no quería decirle lo que acababa de ver—. Cosas.

—Ha sido la vara. No creo que debas tocarla de nuevo.

¡La vara! ¡Claro! ¡Había visto el futuro! La había tocado con las manos desnudas... Pero yo ya la había tocado con anterioridad y no había ocurrido nada...

Entonces me di cuenta.

Cuando la había robado del castillo de Mordvražda, yo había llevado guantes... El metal de la vara no había llegado a rozarme la piel.

—Y yo no creo que eso sea una posibilidad —dije volviendo a meter los brazos por la parte superior de la vitrina. Saqué la vara de la völva de su caja de cristal y eché a correr hacia la salida con ella en mis manos—. ¡Vamos! ¡Tenemos que salir de aquí cuanto antes!

Subimos las escaleras hasta el primer sótano, desde donde podríamos acceder al ascensor que Eric me había dicho que nos llevaría a la libertad... Si conseguíamos llegar vivos, claro.

El primer sótano estaba despejado, nos dirigimos al ascensor. Eric entró y pulsó cuatro teclas en el panel. Las puertas se deslizaron encerrándonos en el interior de aquel cubículo. Con un tirón, comenzamos a subir.

El trayecto fue breve. Las puertas se abrieron.

Una bala atravesó el cuello de Eric y mi visión se hizo realidad.

Cayó al suelo sin emitir ni un sólo sonido.

Sujeté la vara entre mis manos y caí al suelo de rodillas, rota por la pena.

Hubo un fogonazo blanco a mi alrededor.

Volvíamos a encontrarnos en el interior del ascensor, las puertas comenzaban a abrirse.

Empujé a Eric justo cuando la bala entró en la cabina.

Sentí un dolor punzante en el brazo cuando se abrió paso en mi carne.

Dolía, dolía mucho.

El brazo me ardía.

Sujeté de nuevo la vara, intentando que no se me cayese, tenía un brazo inutilizado.

Otro fogonazo blanco.

De nuevo estábamos en el interior del ascensor, las puertas comenzaban a abrirse. Empujé a Eric y, esta vez, me protegí en el otro lateral.

La vara tiraba de mí.

Permití que me guiase.

Esquivé un disparo directo a mi pecho con un giro inesperado y golpeé al tirador en la cara con el bastón. Cayó desplomado al suelo, y puede que con un par de dientes menos.

Avancé hasta donde se encontraba el director Lennon respondiendo a los disparos de los molrovios, puse la vara frente a su rostro parando así el proyectil que iba a hacerle despedirse de este mundo.

—¡Sígame! —grité entre el golpeteo seco de los disparos y los silbidos de aquella muerte metálica.

Guie a Eric y al director Lennon hasta un lugar seguro.

—Esperadme aquí, sé lo que hay que hacer.

Me concentré en el pedazo de hierro que portaba entre mis manos y vi lo que sucedería en los siguientes minutos.

Avancé hasta la esquina donde el director Lennon había estado protegiéndose.

Esperé.

PAC, PAC.

Dos disparos.

El atacante tenía que cambiar el cargador de su arma.

Era mi momento.

Salí del cobijo de la pared y avancé a la carrera hasta los sacos que protegían al soldado. Levantó su arma con el nuevo cargador ya colocado. Se la quité de un bastonazo y lancé mi pie hacia arriba dándole de lleno en la cara. El hombre perdió el equilibrio y cayó hacia atrás. De una patada lancé su subfusil hasta mi anterior posición. Cuando intentó atacarme con las manos, lo dejé fuera de combate con el bastón.

El siguiente soldado se encontraba un poco más atrás. Avancé a toda velocidad, permitiendo que el bastón me guiase, me ayudaba a esquivar los proyectiles que el resto de los hombres lanzaban contra mí con sus subfusiles.

THUD

«Para, avanza, salta, agáchate, gira...».

La vara me decía en cada momento lo que había que hacer. Iba mostrando en mi cabeza cada paso que tenía que dar, cada golpe que lanzar. Siempre unos instantes antes de que tuviese que hacerlo.

Era algo confuso, ver algo con tus ojos y una cosa diferente en tu cerebro, una sensación muy extraña e incómoda.

Comencé a marearme.

Si seguía así mucho tiempo, me iba a desmayar.

Cerré los ojos.

Ahora sólo veía lo que me enseñaba la vara... Y sabía que jugaba con ventaja.

Poco a poco, fui dejando a todos los soldados molrovios fuera de combate.

«Corre, golpea, frena, esquiva, deslízate».

Algunos de aquellos hombres, viendo lo que sucedía, soltaron sus armas y salieron corriendo, perdiéndose en la oscuridad de la noche. Otros, los menos, continuaron disparándome a pesar de que mi cuerpo esquivaba todos sus proyectiles y ataques.

Poco después, dejé de escuchar disparos.

Me concentré de nuevo en la vara.

Nada.

En mi cabeza sólo veía el pasillo en el que me encontraba. Sus paredes estaban llenas de agujeros redondos, perfectos y oscuros. Varios hombres yacían a lo largo del corredor, todos fuera de combate, un par comenzaban a recobrar el sentido, pero les había arrebatado sus subfusiles lanzándolos a la posición de Lennon y Eric.

Abrí los ojos.

La escena que vi era exactamente igual a la que acababa de ver en mi cerebro.

Eric y Lennon se asomaron con cautela desde la otra punta del corredor, les hice una seña para que supiesen que todo estaba bien.

Lennon se inclinó frente al primer soldado y rebuscó en sus bolsillos.

Por fin dio con lo que quería: bridas.

—Muchacho, ayúdame a atarlos.

Les llevó un par de minutos atar a todos los atacantes, yo aproveché para descansar.

Poco después se acercaron a mí.

—Gracias —dijo el director.

—Bueno, era esto o permitir que Eric y usted muriesen... Y ése no es mi estilo —repliqué.

—Guarda ese bastón a buen recaudo.

—¿Me va a contar ya por qué me secuestraron?

—Dame un par de días, ahora tengo que explicar esto —rio a la vez que hacía un gesto con ambas manos que abarcaba todo el pasillo—, pero te prometo que hablaremos. Ahora haced el favor de iros a casa.

—¿Nos perseguirán? —preguntó Eric.

—No, yo me encargo. —Se llevó una mano al bolsillo interior de su chaqueta—. Por cierto, esto es tuyo —dijo tendiéndome mi reloj y un tubo blanco con un tapón azul. Me puse el reloj en la muñeca.

—¿Qué es? —quise saber mientras guardaba el tubo en el bolsillo.

—Ahora no. Marchaos.

No tuvo que decírnoslo una tercera vez. Eric y yo corrimos hacia la salida y nos adentramos en el bosque, alejándonos todo lo posible de aquel complejo.

Cuando creímos que estábamos lo suficientemente lejos, Eric contactó con Benson y le pidió que viniese a buscarnos.

Estábamos agotados, pero vivos.

22

AMANDA

Un par de días después, el director Lennon vino a vernos a la Mansión Black.

Había cumplido su promesa.

Lo primero que hizo fue disculparse por haberme mentido.

—Y ahora, querrás saber para qué queríamos tu sangre —afirmó más que preguntó.

—¿Mi sangre? —me extrañé.

—El tubo blanco que te di… ¿Todavía no lo has abierto?

¡El tubo! Se me había olvidado por completo, debía de seguir en el bolsillo de aquel mono. Cuando Eric y yo habíamos llegado a casa, lo único que queríamos era comprobar que la tía Paula se encontrase bien. Mi amigo me había contado que la habían alcanzado en el brazo y yo pasé todo el trayecto hasta la mansión intranquila, deseando llegar y abrazar a mi tía.

Después, simplemente, no había vuelto a pensar en aquel tubo.

—N... No —balbuceé—. Lo olvidé.

El director Lennon rio divertido.

—Te sacaron sangre mientras te llevaban al complejo —explicó—. Sabíamos que tarde o temprano tu familia se daría cuenta del engaño y vendrían a buscarte.

—¿Para qué quieren la sangre de mi sobrina? —preguntó la tía Paula con sequedad.

—Querían —matizó Lennon—. Por fin le he hecho entender a la junta que éste no es el camino.

—De acuerdo, querían —concedió mi tía—, pero ¿el camino para qué?

Lennon suspiró e hizo una pausa.

—Veamos —comenzó por fin—, en la Organización nos dedicamos exactamente a lo que les dije que nos dedicábamos: protegemos al mundo de amenazas sobrenaturales... Y esa vara lo es... O, mejor dicho, lo era. No tenemos ningún interés en utilizarla, sólo queríamos estudiarla, en eso no les mentí. A ese respecto, hemos renunciado a estudiarla ya que creemos que estará más segura en sus manos. Ante todo, debemos evitar que los molrovios vuelvan a hacerse con ella. —El director Lennon hizo una pausa antes de continuar—. No obstante... Digamos que, para cumplir con nuestro cometido de manera óptima, estamos... algo escasos de personal.

—No me pareció eso cuando estuve en sus instalaciones —comentó Eric—. Había muchos puestos con ordenadores en la sala en la que entré y aquel laboratorio tenía capacidad para cientos de científicos... No parecen estar escasos de empleados.

—No me refiero a ese tipo de empleados... —replicó Lennon—. Para el trabajo que desempeñamos, necesitamos personas... digamos, especiales... como Amanda, pero no abundan.

Se hizo un silencio mientras digeríamos lo que acabábamos de escuchar.

—Y lo que pretendían con mi sangre era... ¿hacer más como yo?

—Más o menos, pero ya le dije a la junta que eso no iba a funcionar y estaríamos eliminando la oportunidad de colaborar contigo. —Fui a decir que los Black trabajábamos solos, pero no me permitió ni empezar—. Ya, ya... Ya lo sé, los Black trabajáis solos... Y a mí me parece perfecto, no voy a pedirte que te unas a la Organización y menos después de lo que te hemos hecho... Pero...

—Pero usted quiere arreglar las cosas —comprendí— porque quiere hacer bien su trabajo.

—En lo que respecta a los Black, la junta no volverá a entrometerse. No les ha gustado mucho que guiaseis a los molrovios hasta nosotros, pero han aprendido la lección... Entiendo —miró a Eric— que eso fue cosa tuya, ¿no, muchacho?

—Sí, señor —contestó mi amigo con una sonrisa satisfecha expandiéndose por su rostro.

—¿Tú no tienes... dones? —preguntó Lennon—. Imagino que no, pero me da igual, ¿te gustaría trabajar con nosotros?

Una carcajada impidió a Eric contestar inmediatamente.

—No, no, lo siento —dijo por fin. Después me miró antes de continuar—. Estoy bien donde estoy, no hay ningún otro lugar en el mundo en el que yo quiera trabajar.

—Una pena —se lamentó el hombre—. Como decía, estamos escasos de personal.

—Cuéntenos más sobre ese personal que necesitan —pidió la tía Paula—. Y los que ya tienen.

—Esto no puede salir de aquí. —Nos miró a todos a los ojos. Debió de ver que estábamos más que acostumbrados a que las cosas no saliesen de la

Mansión Black y decidió continuar—. Tenemos tres jóvenes con distintas capacidades...

—¿También secuestrados? —quiso saber la tía Paula.

—No, no, por favor... No. Los he buscado por todo el mundo, los tres son huérfanos, no tienen ninguna otra familia, de hecho, uno de ellos fue abandonado al nacer. En la Organización cuidamos de ellos y les proporcionamos educación y entrenamiento. No son nuestros prisioneros, pueden elegir si realizan una misión o no... Siempre y cuando eso no interfiera con sus resultados escolares, por supuesto.

Al decir eso, miré a la tía Paula y vi como asentía con aprobación.

—Sus alumnos... ¿Van al instituto? —pregunté.

—Al mismo que tú, de hecho.

Eric y yo nos miramos con los ojos abiertos de par en par. Había más gente como yo a nuestro alrededor y no nos habíamos dado ni cuenta... ¡Qué locura!

—¿Cómo es que no nos hemos dado ni cuenta? —le pregunté a Eric.

—Del mismo modo que nadie sabe lo que tú eres y haces —replicó mi amigo.

Vale, tenía razón, no era tan difícil ocultar mis habilidades al resto de mis compañeros del instituto, bastaba con fingir que era una chica normal.

—Y ahora, ¿qué? —La tía Paula clavó sus ojos en Lennon.

—Ahora me gustaría que no se cerrasen a la posibilidad de colaborar con nosotros. Como le digo, necesitamos personas como su sobrina... Como usted misma, si me permite, he visto las grabaciones del complejo... Sorprendente. —Me miró antes de continuar—. Entiendo que ustedes tienen su propio propósito y no nos inmiscuiremos en él. Si encontramos algún objeto peligroso, se lo haremos saber y les ayudaremos en lo que haga falta para que puedan conservarlo a buen recaudo... A cambio... Bueno, a cambio sólo les pido que no se cierren a la posibilidad de colaborar con nosotros.

—Estudiaremos su petición —concluyó la tía Paula.

—No —intervine. El director Lennon volvió su mirada hacia mí con la decepción tatuada en sus ojos—. No —repetí—. Les ayudaremos cuando lo necesiten y no vaya contra nuestros principios. Lo único que le pido es que mantenga a esa junta suya lejos de nosotros... Ah, y todo objeto que recuperemos será conservado en nuestra galería, sobre eso no hay ni habrá discusión alguna.

El director Lennon sonrió.

—Por supuesto... Entonces, ¿tenemos un trato? —Tendió su mano en mi dirección.

—Lo tenemos —dije estrechando su mano—, pero no crea que vamos a olvidar fácilmente lo que ha sucedido... Entenderá que nos sea difícil confiar en ustedes...

—No esperaba menos —replicó con lo que me pareció un rastro de vergüenza en su rostro—. Supongo que es lo que merezco; no obstante, intentaré que cambien de opinión y podamos establecer una relación de confianza y colaboración. Las necesitamos.

Cuando el hombre se marchó, la tía Paula quiso saber por qué había aceptado de manera tan rápida.

—Fácil, prefiero tener a ese hombre de mi parte a tenerlo en mi contra. Lo he visto en acción y, créeme, es muy bueno —repliqué—. Además, necesitamos colaboradores, tú misma lo dijiste hace tiempo.

—Tienes razón, pero te traicionó, te secuestró...

—He visto el futuro con la vara de la völva, ¿recuerdas? —Mi tía asintió—. No es que viese mucho más allá de aquel pasillo, sólo un par de visiones que no pude situar en el tiempo y..., ¿sabes?, lo vi a él y... Bueno, estábamos trabajando juntos... Parecíamos... No sé... ¿Amigos?

—Ya te hice esta pregunta una vez y voy a repetírtela. —Mi tía tomo aire antes de continuar—: ¿Confías en él?

Asentí.

No necesitó saber nada más.

Esa misma tarde, Eric y yo nos reunimos con Esme, que nos abrazó y lloró de alegría al saber que nuestra estúpida discusión había quedado ya en el pasado.

Eric le contó todo lo sucedido y yo completé su relato con las partes que mi amigo desconocía, como la parte en que me sacaban del avión y el aburrimiento que había pasado en aquella celda del complejo. Esme escuchó con atención la historia y preguntó todo lo que quiso sobre la Organización, por supuesto, Eric y yo la pusimos al corriente de todo lo que sabíamos. Confiábamos en ella como en nosotros mismos y sabíamos que no diría nada.

Ambos prometieron no volver presionarme nunca más... Aunque yo sabía que les iba a costar muchísimo.

Yo prometí no volver a gritarles... Aunque ellos sabían que me iba a costar muchísimo.

Eric nos confesó que lo peor de esos días, más que lo de colarse en un complejo secreto repleto de soldados armados, había sido pensar que había muerto estando enfadada con ellos. Le hizo sentir de una manera horrorosa, una mezcla entre culpabilidad, desesperación, rabia y tristeza.

No quería volver a sentirse así nunca más.

Los tres prometimos no separarnos nunca más enfadados. Al fin y al cabo, no podíamos saber si ésa sería la última vez.